オルタエゴ
Alter Ego
〜光と闇の輪舞曲《ロンド》〜

薬師寺 光輝【やくしじ こうき】
暁闇【あきや】

陽月影路【ひづきえいじ】
天使美優【あまつかみゆ】

目次

Alter Ego

CONTENTS

オルターエゴ
～光と闇の輪舞曲《ロンド》～

［著］
華南恋

［イラスト］
田ヶ喜一

［原案・監修］
Misumi

［原案協力］
珊十五

HOWL Novels

Published by ICHIJINSHA

INTRODUCTION まえがき

この本をお手に取ってくださった方
ありがとうございます。
Misumiと申します。
楽曲『オルターエゴ』がノベライズされました。
この楽曲は最後のボーカロイド楽曲にしようと思い、
当時制作したものになります。
結局は様々な縁もあり
最後にはならなかった訳なんですが、
それだけ思いを込めた作品でもあり、
小説化へと繫がったことは本当に嬉しいです。

ALTER EGO

RONDO OF LIGHT AND DARKNESS

「変わりたい」と願う主人公が巻き込まれていく
ハラハラするストーリー展開、
そして後半に進むにつれて明らかになっていく
まさかの衝撃を楽しんでいただければと思います。
触れた人の人生を少しでも変えられる作品を
創りたいと常日頃から考えています。
この小説を読んでくれた人の人生に少しでも
良い変化が加われば嬉しいです。
関わってくださった全ての方にお礼申し上げます。
それでは小説『オルターエゴ』の世界へ！

INTROD

プロローグ

『憧れ』がすぐそこにいた。

呆然《ぼうぜん》とする僕の目の前で、ヒーローが戦っている。

道化の仮面を被った黒衣の少年が、まるで舞うように拳《こぶし》を、蹴りを繰り出す。多勢に無勢のはずなのに、そんなことは関係ないと言わんばかりに、彼は嬉々《きき》として暴力で集団を圧倒していた。

『ハーレクィン』

ずっと動画で見ていただけの、憧れのヒーロー。

その強さに、その奔放さに焦がれていた。惹《ひ》かれていた。

平凡な高校生に過ぎず、親の敷いたレールの上を歩くしかない僕と違って、自由に夜の街に君臨する英雄、ハーレクィン。鼓動が速くなる。息が苦しくなる。

どうして、彼が僕の目の前にいるのだろう？

どうして、彼は僕を助けてくれたのだろう？

わからないままに——僕はただ拳を握りしめて、ハーレクィンを見つめていた。

ALTER EGO
RONDO OF LIGHT AND DARKNES

第一章 Chapter 1

灰色の日常

第一章　灰色の日常

時間は少し遡《さかのぼ》る。

「お疲れー」

薬師寺光輝《やくしじこうき》は中間試験の打ち上げという名目の友達とのカラオケを終え、店の外に出た。繁華街のビルの間で、五月も終わりの生ぬるい風が頬を撫《な》でる。高校に入ってからできた友達が親しげに光輝の肩を叩《たた》いた。

「いやー、めっちゃ歌ったわ。コウ、わりと歌上手《うま》いじゃん」

「そうかな？　ありがと。でも、榊《さかき》もいい声してるよね」

「お、マジで？　カラオケ配信とかしたら、いけるか？」

「いけるんじゃない？　アプリとかもあるし」

相手に適当に合わせた返事をしていると、他の友達も会話に交ざってきた。

「なになに、なんの話？」

「アプリでカラオケ配信とかどーよって」

「え、榊とコウでやるの？」

「違う違う。僕は無理だって」

「えー、どうせなら一緒にやろうぜ。っつか、今日のメンバーでやらね？」

「お、いいじゃん。意外とバズったりして」

「ほら、やろうぜってー」

肩に手を乗せて絡《から》まれて、光輝は楽しそうに見える笑みを作った。

「しょうがないなー」

「そう言いながら、めっちゃやる気だったりして」

「あ、バレた？」

「なんだよ、だったら最初からそう言えよなー」

配信をやる気なんてあるわけない。でも、友達にはそういうノリが求められてるだろうから、目立ちたがりだと思われない程度に話を合わせる。

どうせ、友達だって口先だけで本当にやるわけじゃない。その場のノリで言ってるだけだ。明日になれば、みんな、忘れてしまうだろう。

その証拠に話題はすぐに流行《はや》りの曲へと移り変わった。その話題もスナック菓子みたいに消費され、歩きながら中身のない会話が続く。

「あ、ごめん。僕、ちょっと用事あるから」

「おー、また明日な！」

適当なところで光輝は友達に別れを告げ、彼らとは違う方向へ歩き出した。一人になって、口から本音がこぼれ出る。

「……疲れた」

用事なんてない。でも、これ以上、友達に合わせた会話をしながら家まで帰るのは苦痛だと思ってしまった。限界だ。

クラスで孤立しないためだけに作った友達との付き合いは気を遣うせいか、とにかく疲れる。試験勉強からの解放感よりも、カラオケで空気を読み続けたことへの疲労感が光輝の体を重くさせていた。頭が痛い。

ブレザーのポケットから頭痛薬を取り出し、水もなしに噛《か》み砕く。すぐに効いてくるわけじゃないが、苦さで少し頭がすっきりした気がした。

頭痛薬を手放せなくなったのは、いつからだろう。

もう思い出せない。それくらい頭痛薬とは長い付き合いだ。

高校に入学して約二ヶ月。難関校でもなく、底辺校でもない、中途半端な学校での新生活はなんの波風もなく過ぎていった。

入学前に少しばかり期待していたような運命の出会いも、劇的な事件も起きてはいない。当たり前だ。光輝の人生はそんなものとは縁がない。

ショーウィンドウに映る光輝の姿はどこにでもいる男子高校生だ。やや癖のある短髪に、紺のブレザーと灰色のスラックス。身長も一七〇センチになるかならないか、太っても痩せてもなくて、顔だって別にイケメンでもブサイクでもない。

勉強も運動も得意でもなければ、苦手でもない。特技もない。趣味は動画鑑賞。

つまらない。……本当につまらない人間だ。

少なくとも、光輝は自分で自分のことをそう思っている。

『次のニュースです。渋谷で起きていた連続放火事件の犯人が逮捕されました。犯人は異能力を用いて犯行を繰り返しており、火を操る異能力者だと――』

街頭ビジョンから耳に飛びこんできたニュースに、光輝は顔を上げた。

異能力者。

二十世紀の始め頃、突如、世界中に隕石《いんせき》が落下して――世界は変わった。

隕石は霧散し、未知のウイルスを発生させ、それを取りこんだ人間の子孫は特別な力を授かったのだとしか言いようのない――人間の域を超えた能力を持つ『異能力者』が生まれるようになった。

異能力者はその人智を超えた力ゆえに恐れられ、差別されている。異能力を使用することは法律で禁じられており、力を持っていると知られただけでも迫害される。異能力者反対運動なんてものもあるくらいだ。

けれど、光輝は異能力者に憧れていた。

人とは違う、特別な力。

それさえあれば、自分のこの平凡な人生が変えられる気がした。もう親にも教師にも友達にも誰にだって気を遣わなくていい。この閉塞感に満ちた、息の詰まるような毎日を壊して、走り出せるような気がした。

(そんなこと、あり得ないんだけど)

苦笑いする。そう、そんなことあるわけないのだ。ある日、突然、異能力に目覚めるなんて漫画みたいなことが自分に起きるわけない。どこまでいっても光輝は雑踏にまぎれるモブでしかなかった。

(だって、特別っていうのは——)

ともすれば沈みっぱなしになりそうな思考から逃れるように光輝はワイヤレスイヤホンをつけて、動画アプリを立ち上げる。流れるように画面を操作し、動画を再生する。ラウドロックと共に道化師の仮面を被った少年が現れた。

ハーレクィンだ。

子どもを虐待する親に天誅《てんちゅう》を下す、闇のヒーロー。

仮面の奥に深紅の瞳を光らせ、牙のような八重歯を見せて笑うハーレクィン。

(そう、特別っていうのは、彼みたいな存在のことを言うんだ)

『ごぉきげんよう、ピエロども♪　ハーレクィンだ』

ピエロはハーレクィンの動画リスナーの呼び名だ。画面の中から、彼にそう呼びかけられると、嬉《うれ》しくなった。

『お前ら、お楽しみの懲罰タイムの始まりだぜ？』

画面いっぱいに映っていたハーレクィンの顔が引いていき、背景が明らかになっていく。薄暗い照明の中、血の染《し》みがついた打ちっぱなしのコンクリートの壁と床が映る。無造作に散らばる鞭《むち》やペンチ、手枷《てかせ》足枷、他にも用途のよくわからない道具が転がっている。

ハーレクィンの懲罰室だ。

『さーて、今日の罪人はこいつだ』

カメラがパンしていき、壁にX字で拘束された今日の罪人が現れる。罪人は一人。脂ぎった髪の肥満の中年男だった。

『コイツは母親を追い詰めて、無理矢理に娘を奪い取ったあげく、娘を虐待してたクズだ。殴る蹴るは当たり前、妻代わりにこき使って、学校にも行かせず、酒の相手をさせて、セーヨクまで処理させてやがった』

鈍い音がして、ハーレクィンの靴底が男の下っ腹にめりこむ。男がびくんっと体を震わせ、汚い反吐《へど》を吐いた。男の所業を聞いて、むかっとした気持ちが少し晴れる。

『許せねえだろ？　許せねえよなあ？　だからオレが依頼人に代わって、今からコイツを罰してやる』

ハーレクィンが拳《こぶし》を固めてニヤニヤと笑う。

『や、やめろ……！　俺が何したって言うんだよ！　俺のガキなんだから、俺が好きにしたっていいだろうが……げぶぁっ！』

見苦しい口答えは鉄拳で封じられた。鼻血を出し、怯《おび》えた目になる男の腹にハーレクィンがさらに追い打ちの拳を叩きこんだ。

『ぐだぐだうだうだうるせぇよ。……さあ、夜は長いぜ。テメェの罪とじっくり向き合ってもらおうじゃねぇか』

『あ、が……』

そして連続して殴打する音が響き始める。男の悲鳴がじょじょに弱々しくなり――

ドンッ。

「あ、すみませ……っ」

誰かに肩がぶつかった感覚に、光輝は顔を上げた。そして、目が合った相手のあまりの柄《がら》の悪さに、一気に背筋が冷たくなった。

「おう、どこ見て歩いてんだよ」

やたらブランドロゴの目立つジャージを着た、金髪と茶髪の集団。その中の一人に光輝は胸ぐらを掴《つか》まれていた。嫌な汗が噴き出てくる。

「す、すみません……わざとじゃなくて、その……」

とにかくこの場から逃れたくて、しどろもどろに言い訳を探す。ちらりと雑踏を見るが、道行く人は目をそらすばかりで、誰も助けてくれようとはしない。

「いいから、ちょっと顔貸せや」

(あ、終わった)

そのまま強く引きずられ、路地裏へと連れていかれる。なぜか、繁華街のネオンがやけに眩《まぶ》しく思えた。


「つざけんなや、このガキが！」

乱暴に壁にぶつけられ、背中を襲った衝撃に光輝の息が一瞬、詰まった。アスファルトでしたたかに打ちつけた尻が痛い。顔を上げる暇もなく、腹に足を乗せられ、踏みにじられて、嘔吐《おうと》しそうになった。

「お前がさっき踏んだ靴、バランシアターやぞ。どう始末つけんだよ、おい？」

ぶつかっただけじゃなく、靴も踏んでたのか。それは悪いことをしたかもしれない。とぼんやりした頭で光輝は考えた。だからと言って、どうしようもない。

「とりあえず、有り金全部出してもらうか。ほら、財布出せよ」

これ以上殴られるのは嫌だな、と思って、のろのろとポケットに手を伸ばす。しかたない。一般人がこんな輩《やから》に絡まれたら、抵抗なんてできない。そう、だって、光輝

はなんの力も持たないモブなのだから――。

「んなことしなくていいんだよ」

「え？」

しかし、光輝の手が財布を掴む前に、目の前の男が吹き飛んでいた。

そして、代わりに光輝の眼前に立っていたのは、一人の少年だった。やや癖のある赤い髪に、鋭い赤い目。軽薄そうな口元には笑みが浮かんでいる。

「なんだ、テメェ……いきなり――うぐっ！」

「ごちゃごちゃ、うっせぇよ」

少年は近づいてきた金髪の男を腹パン一発で黙らせた。そして、光輝へと振り返り、ぱっと手を開いてみせる。

「さーて、楽しい楽しい懲罰タイムといこうじゃねえか」

まるで手品のように、少年の手のひらに海外のお菓子に似た真っ赤な錠剤が現れた。

少年はそれを掴み、口に放りこんで噛み砕く。

次の瞬間、少年の顔の半分を道化師の仮面が覆った。その仮面には見覚えがある。

「ハーレクィン……？」

呼びかけると、少年は驚いたように目を瞬《またた》いた。

「お前、オレを……」

「いや、だって……動画で……」

「……ふむ。ま、ちょっと待ってな。すぐにコイツら、片付けてやるよ」

動画で何度も見たヒーローが、今、光輝の前で笑っていた。顔と一体化したマスクは異能力者の証《あかし》だ。あまりに現実離れした状況に、光輝の頭が真っ白になる。

硬直する光輝の頭をぽんと撫でて、ハーレクィンが半グレ集団へ向き直った。仲間を二人殴り倒され、あっけにとられていた男たちが、我に返って怒りを露《あら》わにする。

「テメェ……異能力者だったのか、ふざけんなよ！」

「かまわねえ、こっちのほうが数が多いんだ！　やっちまえ！」

暴力に慣れた男たちが、いっせいにハーレクィンに襲いかかる。一方的な暴行の予感に目を閉じかけた光輝だが、地面にうずくまらされたのは男たちのほうだった。

「遅い遅い。止まって見えるぜ」

「くそっ、この異能力者が……卑怯《ひきょう》だろ！」

「はっ、うるせぇよ。それより……殴ってきたってことは、もちろん殴られる覚悟ができてるってことだよな？　なぁ？」

ハーレクィンが仮面の奥の紅眼《こうがん》を光らせ、地面を蹴る。あっという間に、男がまた一人、アスファルトへ這《は》いつくばった。

(すごい)

そこからは、もうハーレクィンの暴力劇場で、光輝はただただ呆然《ぼうぜん》と彼が男たちの骨と心をへし折る様を見ているしかなかった。

動画では異能力者だとは言っていなかった。でも、一瞬で顔を覆った仮面と人間離れした強さを見せつけられれば、異能力者だというのも納得する。おそらく、あの手品のように現れた錠剤がハーレクィンの異能力なのだろう。

（やっぱり、ハーレクィンは『特別』だったんだ）

ハーレクィンが異能力者だったことは、光輝の憧れをますます強くした。特別な力を持った特別な人間だからこそ、彼はこんなふうに強くあれる。光輝があっさりと屈しそうになった暴力をなぎ払うことができる。

（でも、どうして……？）

どうして、彼が突然現れたのか。

どうして、彼が助けてくれたのか。

それがわからない。わからないが、光輝はただただ光に吸い寄せられていく羽虫のように、ハーレクィンの背中を見つめていた。

気がつくと、立っているのはハーレクィンだけになっていた。

路地裏に差しこむ月明かりの下《した》、死屍累々《ししるいるい》と倒れている半グレ集団を足蹴《あしげ》にして、ハーレクィンが光輝に近づいてくる。

「立てるか？」

「う、うん……」

差し出された手を掴む。その手は意外なほどに温かかった。仮面の奥の目は、ひどく優しく見える。先ほどまでの狂暴さとのギャップに光輝はどぎまぎした。

「あっ、あの……」

「話は後だ。……逃げるぞ」

言いかけたお礼を遮《さえぎ》られ、ぐいっと手を引っ張られた。サイレンの音が近づいてくる。ハーレクィンが舌打ちをして、走り出した。

「誰か、サツを呼びやがった。面倒はゴメンだ」

「えっ……」

「ほら、お前も来るんだよ」

返事をする間もなく、ハーレクィンに手を引かれて、光輝も走り出すしかなかった。胸はずっとドキドキしている。アニメの中にでも入ったみたいで、現実味がまるでなかった。

場違いだ。

夢を見ているような気分のまま、ハーレクインに連れてこられた先はあきらかに未成年が入るべきではない店だった。

全体的に薄暗い照明の中、蛍光色のネオン管が目に痛い。メタリックなカウンターの向こうにはずらりと酒瓶が並んでいる。バーだ。まごうかたなきバーだ。

「何、ぼーっとしてんだよ。ほら、座れって」

なんで来てしまったんだろうと思いながらも、断ることができず、光輝は勧められるがままにカウンタースツールに腰掛けた。

「遅かったな」

「おう、ちょっとな」

カウンターの中にいた眼鏡《めがね》の青年が親しそうにハーレクインに声をかけてくる。長身の怜悧《れいり》な美貌に、黒のベストと赤いタイというバーテンダーファッション。彼の醸し出すどこか暗い色気がここを大人の場所だと認識させて、光輝はやはり入ってきてはいけない場所に来てしまったと感じる。

おまけに青年はハーレクインにはおしぼりを渡したが、光輝のことは無視した。それをハーレクインが見咎める。

「おい、影路《えいじ》。オレの客が来てんだ。こっちにもちゃんとおしぼり出せよ」

「……わかった」

影路がその端正な眉を不機嫌そうに片方だけ上げ、光輝のほうも見ずに、おしぼりを放って投げてきた。客を客とも思わない冷たい対応に、光輝は自分が招かれざる客のような気がしてきて、身を縮こまらせた。

「悪いな。アイツ、一見《いちげん》の客には塩なんだよ。そーゆーキャラなの」

「あ、は、はい……」

フォローするようにハーレクィンがおしぼりを渡してくれた。おしぼりの熱がじんわりと手に伝わってくる。それでも、緊張は解《と》けない。

おしぼりを握りしめながら、どうやってこの場から帰ろうか悩んでいる光輝をよそに、ハーレクィンが矢継ぎ早に話しかけてくる。

「あ、喉渇いただろ？　何飲む？　甘いのでいいか。おーい、影路、シャーリーテンプル二つくれよ」

「待ってください、僕、お酒は……」

「酒じゃねえよ」

そうは言われても、丸いグラスに入った淡いオレンジ色の飲み物はどう見てもアルコールにしか見えなかった。法律違反とは縁のない身としては、気軽にそんなものを出されたことにますます場違い感を感じてしまう。

「酒じゃねえよ。信じろって」

手を付けようとしない光輝に苦笑しながら、ハーレクインがグラスを手にする。

「この店じゃ酒は出さねえよ。だって、ここカフェだもん」

「へっ？」

思わぬ言葉に、間抜けな声が出てしまった。

「だ、だって、ここ、どう見てもバーで……お酒出す夜の店で……」

「違う違う。バー風コンセプトカフェ。ここはバーに憧れる、ちょっとばかり背伸びしたいガキどものためのコンセプトカフェだよ」

ハーレクインがちらりと店内を目で指す。

「ほら、店ん中、見てみろよ。子どもばっかだろ？」

確かに見回してみれば、店内にいるのは光輝とそう年の変わらない少年少女ばかりだった。あきらかに光輝より年下だと思われる子もいる。地雷系ファッションに身を包んだ少女と目が合いそうになり、光輝は慌ててうつむいた。

……やはり、自分がいるのは場違いな気がする。

「この店……カフェ『ハーレクィン』は行き場のないオレたちみたいなセイショーネンの避難所なの。お前さ、アイツらの家がどんなとこか、わかる？」

光輝は黙って首を横に振った。本当はうっすら見当がついている。でも、それを口にしたくはなかった。

「……地獄だよ」

ぞっとするような声でハーレクィンが囁《ささや》く。紅《あか》い瞳は憎悪に染まっていて、光輝は恐怖でぶるりと震えた。

昏《くら》い憎悪を目に宿したまま、ハーレクィンが光輝を見て、獰猛《どうもう》な笑みを浮かべる。なれなれしく肩を抱かれ、蛇に睨《にら》まれた蛙《かえる》のような気分になった。

怖い。逃げたい。逃げられない。

びくびくする光輝の反応を楽しむように、ハーレクィンが耳に顔を寄せ、囁く。

「なあ、毒親なんて許せないだろう？」

操られるように頷《うなず》く光輝。ハーレクィンが満足げに光輝の肩を叩いた。

「だよな。オレの動画を見てるってことは、お前もそう思うよな」

「なんで、僕が動画見てるって、知って……」

「お前のことならなんでも知ってるぜ、光輝」

毒を含んだ囁きに恐怖がオーバーフローして、光輝は思わずハーレクィンを突き飛ばした。怯えた目でハーレクィンを見る。

確かにハーレクィンは憧れだった。自分の中にある薄暗い暴力衝動と、特別な何かに憧れる感情を満たしてくれるヒーローだった。

しかし、暴力的な相手、それも異能力者が自分の存在を知っていて、名前まで把握されているとなると、話は違う。恐怖だ。純粋に怖い。

青ざめる光輝を見て、ハーレクィンがくつくつと笑い出す。

「冗談だよ、冗談。お前、オレの顔見て、『ハーレクィン』って呼んだろ？　それに『動画で』って自分で言ってたじゃねえか。それでリスナーなんじゃねえかなって、カマかけただけ」

「あ……でも、名前は……」

「不用心だぜ、光輝」

指さされた先を見れば、通学鞄から体操服がはみ出していた。しかも、名札の部分だ。手品の種を明かされれば、恐怖は少しやわらいだ。

「ま、オレだけがお前の名前を知ってるってのも不公平だよな」

道化師の仮面をつけたまま、ハーレクィンが親しげな視線を光輝に向ける。

「暁闇《あきや》だ。これからはそう呼んでくれていいぜ」

「いや、そんな僕なんかがおこがましいっていうか……」

「遠慮すんなよ」

ぐいっと顔を寄せられて、光輝は思わずのけぞった。距離が近い。やわらぎかけた恐怖がぶり返してくる。こんななれなれしい人間だとは思わなかった。肉食獣が無遠慮に近づいてくるような怖さがある。

「なんで、僕なんかに……っていうか、なんで僕を助けてくれたんですか……」

「そりゃ、お前が運命の相手だから？」

まっすぐに見つめられ、そう言われて、心臓がドキリと跳ねた。

意味がわからない。冷や汗が出てくる。

「ウソウソ。そんな怖がるなよ、とって食ったりしねえって」

けらけら笑いながら、ハーレクィン——暁闇がノンアルコールカクテルを口にする。

光輝もつられて一口飲んだ。爽やかな甘さがおいしい……と思わず、どうでもいいことを考えてしまう。

「ま、たまたま通りかかったからだな。オレの縄張りでバカやろうとしてるヤツが許せなかっただけ」

「はあ……？」

「それにお前から同類の臭いがしたからかな」

「同類？」

暁闇がちらりと店内にいる他の客を見た。

「アイツらと。……お前の家も地獄じゃね？」

「そんなことは……ない、です……」

そんなことはない。光輝の家はいたって普通だ。ハーレクィンが動画で罰している毒親たちのように、光輝の両親は光輝に暴力を振るったりはしない。多少、放任主義ではあるだろうが、なんの問題もない家庭のはずだ。

なのに、暁闇に見つめられると、嫌な動悸《どうき》がしてたまらなかった。冷たい汗が背中を流れ、口の中がカラカラに乾いてくる。

光輝の奥底まで見通してくるかのような、暁闇の目が恐ろしくてたまらない。

「ふうん。……ま、お前がそう言うならいいけど。でも、親を消したくなったら、いつでもオレに言えよ。ハーレクィンは子どもの味方だ」

優しい声音でそう言うと、暁闇はぽんと光輝の頭を撫でた。寒気が全身を突き抜ける。限界だ。

「か……帰ります！」

光輝はとっさにカウンターの上に置いていたスマホを掴んで、スツールを降りた。店のドアに向かって早足で歩き出す。

「またなー」

背中にそんな声が飛んできたが、二度と来ない、と光輝は思った。ここは光輝の居場所じゃない。ダークヒーローには憧れたが、お近付きにはなりたくない。暴力は動画で見ているだけで十分だ。……薬師寺光輝はあくまでも凡人なのだから。

第二章
Chapter 2

真紅の覚醒

第二章　真紅の覚醒

今朝はいつにもまして、頭痛が酷かった。

学校に来る前に頭痛薬は飲んでいたが、まったく効いてくる気配がない。光輝は友人たちのおしゃべりにくわわる気力もなく、自分の机でぼんやりしていた。

「おはよう、薬師寺《やくしじ》くん」

と、やわらかな声が頭上から降ってきて、光輝《こうき》ははっと顔を上げた。薄ぼけていた視界が一気にはっきりする。

つややかな黒髪を肩を少し越えたあたりで切り揃えた、かわいらしい顔立ちの少女が光輝を心配そうに見つめていた。

天使美優《あまつかみゆ》。光輝の幼なじみの少女だった。

「あ……お、おはよう」

「顔色悪いけど、大丈夫？」

「大丈夫。ちょっと寝不足なだけ」

事実、昨日はハーレクィンに会ったという衝撃に気が昂《たか》ぶって、なかなか寝つけなかった。今でもあれは夢だったんじゃないかと思う。

「そう？　無理しないでね」

「うん。ありがとう」

美優がまだ心配そうにしながらも、斜め前の席に座る。美優が声をかけてくれたことで、心なしか頭痛はやわらいでいた。

(……優しいよな)

美優とは幼なじみとはいえ、幼稚園から今までずっと同じ学校だったというだけで、とくに親しいわけではなかった。顔を合わせれば挨拶《あいさつ》くらいはするし、ときどきたわいない話もする。それだけ。二人でどこかに遊びに行ったことはないし、電話番号もSNSやメッセージアプリのアカウントも知らない。

でも、美優はなぜか光輝が辛《つら》いとき、必ず声をかけてくれる。今日も光輝の顔色の悪さに気づいて、心配してくれたことが嬉《うれ》しかった。それだけで、今日はラッキーだと思えるし、そんな美優の優しさが好きだ。

そう、光輝は昔から美優が好きだった。

小学校の頃から美優は整った顔立ちと分け隔てない優しさでクラスでも人気者だった。成績も良く、真面目《まじめ》で、教師受けもいい。

ハンカチや教科書を忘れたときに助けられたり、みんながサボっていた花壇の水やりを一人で頑張っていたところを目撃したり、とささやかなことの積み重ねで、光輝の美優への想《おも》いは少しずつ育っていった。

もっとも光輝と美優では釣り合いが取れない。何一つ取《と》り柄《え》のない自分がかわいく優等生の美優に告白したところで、美優を困らせるだけだとわかっていた。だから、ろくに話しかけることもできず、光輝はただ美優を少し離れた位置から見ているだけで満足していた。

同じ高校に入学できただけでも奇跡みたいなものなのだ。おまけに同じクラスで、美優は斜め前の席にいる。授業中に美優の生真面目な横顔が垣間《かいま》見《み》えるだけで、光輝には十分な幸せだった。

つまらない毎日の中にある、ささやかな幸せ。

自分はそれで満足しなければならない。だから――

『そりゃ、お前が運命の相手だから？』

脳裏に蘇《よみがえ》ったハーレクインの声を、光輝は振り払った。あれは冗談だ。なれなれしい男の、タチの悪い冗談。

そんな冗談を真に受けて、深入りしてはいけない。あの場所は、あの男は危険だ。

だって、光輝はなんの力も持たないのだから。

「コウ、天使さんと朝、何話してたん？」

昼休みになると、友人たちがわらわらと光輝の机の周りに集まってきた。

「別に。ただの挨拶だって」

美優とのことを下手《へた》にからかわれたくなくて、光輝はそうごまかした。美優は窓際の席で、女子たちとお弁当を広げている。控えめな笑顔がひどくかわいく思えて、光輝はどぎまぎと美優から目をそらした。

「いいよなあ、天使。なんか、お嬢様ーって感じでさ」

「コウ、天使さんと幼なじみなんだっけ？　今度、一緒にカラオケとか行けないか、誘ってみてくれよ」

ちらちらと友人たちも美優を気にしながら、口々にそう話す。光輝はできるだけ美優のことを意識していないようなそぶりで、肩をすくめた。

「単に家が近所なだけで、あんまり話したことないよ。それに、あの子、親がうるさいからカラオケとか来られないと思う。塾で忙しいらしいし」

「あ、それ、なんか女子から聞いたわ。大変だよなー」

「いや、でも、うちの親もうるさいぜ。中間の結果次第では、オレも塾行かされるかも。ったく、受験終わったばっかなんだから、好きにさせろよな」

そのまま、話は美優のことから、それぞれの親の愚痴へと移行する。

「つか、母親ってなんであんなにうざいんだろうな。いつ帰ってくるのとか、どこに行くのとか、いちいちうっせえんだよ」

「うちもうちも。ちょっと遅くなったくらいで、ぎゃーぎゃー言うし」

「こづかいの使い道にも口出ししてくんだよ。無駄遣いすんな、とかさ」

「あはは……」

友人たちは次から次へと親への不満を口にする。やれ、ゲームの時間を制限されただの、勝手に服を買ってこられただの……。

光輝は彼らのその愚痴にまったく共感できなかった。愛想笑いを浮かべて、わかるよ、と相づちを打つふりしかできない。

（うちの親、そういうのまったくないからなぁ……）

光輝の親は放任主義だ。

正直、父親にいたっては、前にいつ顔を合わせたか思い出せない。仕事が忙しいらしく、帰ってくるのが遅い上に、すぐに自室にこもって話しかけてくることはない。出張で家に帰ってこないこともしょっちゅうだ。

母親のほうも趣味に夢中で、光輝に何か言うことはほとんどない。とはいえ、食事はちゃんと作ってくれているし、家の中はいつも整っていて、制服も私服もきっちりと洗濯されているから、光輝に不満はなかった。

（みんなに言ったら、羨《うらや》ましがられるんだろうなあ）

門限もなく、こづかいは十分な額が与えられ、好きな時間に食事をして、風呂に入って、夜更《よふ》かしして動画を見ていても、何も言われない。

(だから……僕の家は地獄なんかじゃない)

なのに、どうしてハーレクィンは光輝の家も地獄なのではないか、と言ったのだろう。わからない。わからないが、そう言われたとき、どきりとした。思い出すだけでも、また冷や汗が出てきそうになる。

「なあ、コウも勉強しろって言われるだろ？」

「へっ？　え、あ、あー……うん。中間テストの前とかめっちゃ言われたよ」

話の矛先を向けられ、光輝は慌てて適当な答えを返した。

「だよなー！　夜食とか作られても、うざいんだよ」

「う、うん……？」

「いや、夜食は嬉しいだろ。ラーメンとかさ」

「でも、野菜も食えとか言われるとうざくね？」

「あー、それぐらいなら、肉入れてほしいわ」

夜食。そんなものは、高校受験の前にだって、作ってもらった覚えはない。というか、両親は光輝がどこの高校に通っているか、把握しているかもあやしい。

別に母親に夜食を作ってほしいとは思わないし、羨ましいわけでもないが、共感できない会話に付き合うことには少し疲れ始めてきた。頭痛がまたぶり返してくる。

「ごめん、ちょっとトイレ」

「おー、行《い》ってらー」

光輝はいったんその場から逃げ出すことにした。ポケットの中の頭痛薬をお守りのように握りしめる。背中に聞こえる友人たちの笑い声が遠いものに感じた。


一番奥の個室に入って頭痛薬を飲むと、ようやく一息つけた。

すぐに痛みが治まるわけではないが、どくどくとこめかみが脈打っているような感覚は薄れていく。光輝はゆっくりと深呼吸をした。

少ししたら、どうせまた話題も変わっているだろうから、タイミングを見計らって戻ろうと考える。朝食も昼食も食べずに頭痛薬を飲んだせいか、胃が重い。何か軽くでも胃に入れておかないと、痛んできそうだった。

(って、なんで今日に限って、カツサンドとか買っちゃったかな)

せめて、卵サンドか、軽めのおにぎりにでもしておけば良かった。朝のコンビニで適当にパンを選んだ自分を恨む。

(まあ、いいや。自販機でバナナオレでも買って戻ろう)

牛乳系の飲み物なら、多少は胃に優しいだろう。そう考えて、光輝が個室の外に出ようとしたとき。

「おいおい、これっぽっちじゃ足りねえって」

「親の財布からでも、金抜いてくりゃいいだろォ？」

「でも、そんな……」

「ごちゃごちゃうっせぇんだよ！」

鈍い殴打音がしたかと思ったら、隣の個室との間の壁が揺れた。呻《うめ》き声と複数の笑い声が聞こえてくる。

「財布ちゃーん、オレらの言うことが聞けないわけ？」

「だったら、今日も口で便所掃除するかァ？」

「好きだよなあ、便所の水」

ゲラゲラと響く下品な笑い声。水音と共にごぼごぼと溺れているような音が聞こえる。光輝はぎゅっと頭痛薬の殻を握りしめた。

なるべく友人たちから距離を取りたくて、人気《ひとけ》のない旧校舎のトイレまで来るのではなかった。まさか、こんなことが起きているなんて。

助けなければ。

そうは思うものの、自分まで殴られたらと思うと、恐怖に体がすくんだ。昨日、半グレに殴られた痛みが蘇る。怖い。痛いのは嫌だ。

もし、自分にハーレクィンのような力があったなら、迷わず立ち上がるのに。現実には、そんなことはできない。ただ、うつむいて、震えて、暴行の様を耳で聞き続けることしかできなかった。

このまま、昼休みが終わるまで身を潜めているしかないのか。

ぐっと身を丸めた瞬間、胸ポケットに入れていたスマホがするりと滑って、床に落ちた。硬質な音が響く。個室の外に滑り出ていってしまうことは、かろうじて防げたが、外で行われていた暴力の気配がぴたりと止まった。

「……誰かいるのか？」

呼びかけられて、光輝は固まった。

出ていくことなんてできなくて、ただただ息を殺す。

いじめていた少年たちが、こそこそと何か話し合っているらしいのが聞こえる。

「ちっ……やる気なくなったぜ。行くぞ」

リーダー格がそう言って、集団がトイレからいなくなる。トイレに静けさが戻ったのを感じ、光輝はおそるおそる個室から出た。

「あ……」

顔がびしゃびしゃになった少年と目が合う。

いたたまれなくなって、光輝は顔をそらすと、雑にハンカチを差し出した。

「あの……これ……」

ハンカチが受け取られる。

「……ありがとう、助けてくれて」

小さな声でそう言われ、光輝は心底、自分が嫌になった。

助けたわけじゃない。震えていただけだ。ただの偶然だ。光輝はヒーローなんかじゃない。悲しいくらいに光輝は弱かった。

力がほしい。

そう思った。理不尽な暴力を撥《は》ね返せるだけの力が。助けたいと思ったときに、動き出せる力が。この手にほしかった。

「そのハンカチ、返さなくていいから」

これ以上、この場にいたくなくて、光輝はそそくさとトイレから出た。薬を飲んだばかりなのに、頭がガンガンする。

ダメだとわかっていながら、光輝は何錠もまとめて頭痛薬を噛《か》み砕いた。苦い。でも、今の心以上に苦くはなかった。

旧校舎と新校舎をつなぐ渡り廊下まで来たところで、光輝は息をついた。

逃げてきてしまった。

後悔と罪悪感と無力感が混ぜこぜになって、光輝を苛《さいな》む。

いじめられていた少年とあれ以上話していたら、きっと耐えられなくなっていただろう。見当外れの感謝は、臆病者と罵られるより、なお辛かった。

「う……」

一気に摂取した頭痛薬のせいで、胃がキリキリと痛み出す。吐き気を伴った痛みに光輝は胃を押さえて、体をくの字に折った。浅い呼吸を繰り返す。

「薬師寺くん……？」

「え、あ……」

声をかけられて顔を上げると、裏庭の方から美優が近づいてくるところだった。

「大丈夫？　保健室行く？」

光輝の目の前まで来た美優に心配そうに顔を覗《のぞ》きこまれ、どきりと心臓が跳ねる。つややかな黒髪がさらりと肩に流れ、シャンプーの甘い香りが鼻腔《びこう》をくすぐって、一瞬、胃痛を忘れるほどにどぎまぎした。

「あ、いや……大丈夫。ちょっと胃が痛いだけで……」

「胃が痛いの？　……ちょっと待ってて」

「あっ……」

美優が裏庭のほうに走っていったかと思うと、手に何かを抱えて戻ってきた。

「とりあえず、そこ、座ろう」

「う、うん……」

促され、裏庭にあるベンチに座る。美優がポケットからピルケースを取り出し、その中から白い錠剤を出して、光輝に差し出した。

「これ、胃薬だから。とりあえず飲んで。お茶で飲むの、本当は良くないけど……」

美優が持ってきた水筒から蓋のカップに麦茶を注いで渡してくれる。

「ありがとう……」

光輝は渡された胃薬を飲み下した。それを確認して、美優がさらに紙パックのバナナオレをくれた。

「お昼、食べられてないよね？　こういうのでもいいから、胃に入れておいたほうがいいと思うよ。飲めそう？」

「うん、大丈夫……だけど、いいの？　天使さんのでしょ、これ」

「今は薬師寺くんが飲むべきだと思うよ。気になるなら、今度、チョコミントオレおごって。自販機に限定で入ってたから」

「ん……ありがと」

美優の厚意をありがたく受け取り、光輝はバナナオレにストローを差しこんで、飲んだ。優しい甘さが胃に染《し》みる。じんわりと気持ち悪さがやわらいでいった。

その甘さが美優の優しさそのものに思えて、胃痛は治まっていったが、代わりに胸がドキドキしてきた。

本当に美優はいつも光輝が辛いと思っているタイミングで声をかけてくれる。今日みたいに薬や飲み物をもらったのは初めてだけれど、ときどきこうして美優に気にかけてもらえるたびに、美優への想いは募っていく。

（っていうか、本当に良く気づいてくれるよね。まさか、僕のこと好きだったり……？　いやいやいや、そんなわけないから。勘違いしちゃダメだ。美優は誰に対しても優しいだけで、僕が特別なわけじゃないから！）

「大丈夫？　少し落ち着いた？」

光輝が飲み終わったのを見計らって、美優が話しかけてきた。

「うん、もう大丈夫。助かったよ、ありがとう。今度、チョコミントオレ、おごるね。自販機から消えないうちにさ」

「うんうん、よろしくねー」

美優がにこっと笑った後、空を見上げた。

「胃って、とつぜん痛み出すから困るよね」

「うん……そうだね」

「私も良くなるから、わかる」

それで胃薬を持ち歩いていたのか、と納得がいった。優等生に見える美優にもきっといろいろと悩みがあるのだろう。

「なんていうかさ、どうしようもないことが多すぎるよね」

唐突にそう言われ、光輝は自分の悩みを美優に見透かされたような気がして、どきりとした。

「頑張ってもどうにもならないこととか、そもそも頑張れないこととか、さ」

「……天使さんでも、そう思うの？」

「思うよー。人生ままならないなあって。薬師寺くんは思わない？」

「まあ、思う……かな」

美優とこんな話をしていることが不思議だった。なんだか、一気に距離が縮まったような気がする。美優が自分と同じような悩みを持っていることは、素直に嬉しかった。美優なら自分のことをもっとわかってくれるんじゃないか……そんな考えさえ、浮かんできてしまう。

「……こんなこと言えるの、薬師寺くんだけだけどね」

「えっ？」

さみしげな笑みでそう言われて、光輝の心臓が跳ね上がった。

（今のどういう意味？　どういう意味なんだ!?　僕が特別ってこと？　えっ？　な、

なんで？）

ハーレクィンとの出会いといい、光輝の人生に何か特別なターンでも来ているのだろうか。確かに美優と話す機会はクラスの他の男子と比べれば圧倒的に多いだろうが、それは幼なじみだからというだけのはずだ。

「ふふ、今日の薬師寺くん、なんだか昔に戻ったみたいだったから、つい、いらないこと言っちゃったかも。ごめんね」

「あ、いや……」

それってどういう意味、と聞く前に美優はベンチから立ち上がった。

「あ、たんぽぽの綿毛」

美優が指さした先には、白くふわふわとしたたんぽぽの綿毛があった。強い風が吹き、綿毛が一気に散っていく。

空に舞う羽毛のような綿毛を美優が目で追いかけた。つられるように光輝も見てしまう。抜けるような青い空に飛んでいく綿毛を見ていると、なぜか、胸がひどくしめつけられた。

（いいな……僕もあんなふうに、自由にどこへでも行けたら……）

「いいなあ……私も……」

その先の言葉は予鈴の音でかき消された。美優がはっとなる。

「教室、戻らなきゃ。薬師寺くんも行けそう？」

「う、うん、大丈夫」

ベンチから立ち上がり、二人で教室へと向かう。

飛んでいく綿毛の姿に、後ろ髪を引かれながら。


放課後。

友人たちの誘いを親に用事を言いつけられたから、と嘘《うそ》をついて断って、光輝はそそくさと教室を後《あと》にした。

校門を出て、駅に向かって歩き出したところで、鞄の中からメッセージの着信音が聞こえてきた。

首をかしげる。光輝自身のスマホはブレザーの胸ポケットに入っている。しかし、再び鞄の中から着信音がした。

（なんだ……？）

不審に思いながら、鞄の中を覗きこむ。すると奥のほうに光輝の使っているものと同じ機種のスマホが入っていた。

「えっ？」

取り出して、画面を見てみる。待ち受け画面には、見覚えのある道化師の仮面が表示されていた。メッセージの着信通知が上に出ているが、その差出人にもまるで覚えがない。これは……おそらくハーレクィンのスマホだ。

（もしかして、あのとき……！）

昨日、急いでカフェから逃げ出した記憶が蘇る。

とっさに掴《つか》んだスマホ。同じ機種だったため、自分のものだと思いこんでしまっていたが、まさかハーレクィンのものだったなんて。

（これ……返さないとまずいよな）

現代社会でスマホは生活必需品だ。なくなったことで、きっとハーレクィンは困っている。また、あのカフェに行くのは怖い。でも、さすがに自分を助けてくれた恩人のスマホを間違って持って帰ったうえに知らんぷりなんてできない。

（……よし、行くか）

スマホだけ返したら、すぐに帰ろう。

深入りはしない。そう決めて、光輝はカフェへと向かった。

カフェ『ハーレクィン』
路地の奥まったところにある、そのバー風コンセプトカフェは相変わらずアングラな空気に満ちていた。

入り口のネオン看板の蛍光ピンクが目に痛い。毒々しいその色彩に入ることがためらわれたが、光輝は思い切って店の扉を開けた。

ケミカルなお菓子のような甘い匂いが鼻をつく。店内に入れば、地雷系ファッションの少女たちや、やさぐれた雰囲気の少年たちが思い思いにカクテルや会話を楽しんでいた。誰も光輝のことを気にとめなどしない。

そのことに少しほっとしながら、光輝は奥のカウンターへと進んだ。

カウンターに立っている青年――影路が光輝を見て、不愉快そうに片眉を上げる。

「何しに来た」

「あの、えっと……これを、ハーレクィンに返しに……」

歓迎されていない空気を感じ、光輝はおずおずと暁闇のスマホをカウンターに置いた。影路が眉間に皺《しわ》を寄せる。

「用は済んだだろう。さっさと帰れ」

「は、はい……」

「ここはお前のいていい場所じゃない」

「…………」

「ここは、ハーレクィンの城だ」

ゴミでも見るかのような目でそう言われて、光輝は身を縮こまらせた。最初に来たときからそうだったが、影路は光輝を嫌っているようだ。何もしていないのに、なぜ嫌われているのかわからないが、たぶん、光輝のような『普通』の人間がハーレクインに近づくのが嫌なのだろう。

「さっさと出ていけ」

「……はい」

「二度とハーレクインに近づくな」

もとよりそのつもりだ。ここに長居するつもりはなかったし、二度と来るつもりもない。ハーレクインに会わずにすんだのは運が良かったのかもしれない。

光輝は身を翻《ひるがえ》すと、入り口に向かって歩き出した。……と、

「おいおい、そんなすぐに帰ることねえだろ？　つれねえなあ」

「っっハーレクィン!?」

どこから現れたのか、暁闇が光輝の肩を抱いていた。

「暁闇って呼べって言ったろ？　いいから、ゆっくりしてけよ」

強引にカウンターに連れ戻され、座らされる。

「影路ィ、光輝に茶でも淹《い》れてやってくれ。なんだっけ、この間、いいのが手に入ったとか言ってただろ？」

「……わかった」

「あの、僕は……」

「いいからいいから。わざわざスマホ届けてくれたお礼だ」

断る隙もなく、勝手に注文された紅茶が淹れられていく。ふわりとマスカットにも似た匂いのするティーカップとポットが暁闇の前に置かれた。暁闇が小さくため息をついて、それを光輝の前へと押しやった。

「ほら、飲めよ」

「あの、だから……」

「なんだよ、オレの茶が飲めねえってのか？」

すごまれて、光輝は渋々ティーカップを手に取った。ダメだ。少なくとも、このお茶を飲み終わるまで、ここから動けないだろう。

諦めて、熱い紅茶を一口飲む。それは驚くほど香り高く、おいしかった。

「うまいだろ？」

暁闇が道化師の仮面をつけたまま、嬉しそうに笑う。その笑顔はとても人なつっこく見える。あけっぴろげな好意に光輝は戸惑った。

「う、うん」

頷《うなず》いて光輝はまた紅茶を飲んだ。暁闇が満足げな顔をする。じっと、飲んでいるところを見つめられて、光輝はなんだか体がもぞもぞした。

「あの……ハーレクィンは」

「暁闇」

「あの……ここ、暁闇の店なの……？」

言った直後にバカな質問をしたと思った。暁闇にじっと見つめられていることに耐えかねて口を開いたものの、もう少し言うことはなかったのか。それを聞いたからと言って、何も変わらないのに。

「ああ。影路にでも聞いたのか」

「う、うん。まあ……そんな感じ」

その割にはまるで影路が店長のように見えるが。そんな光輝の心を読んだかのように、暁闇が影路をちらりと見る。

「ま、店の持ち主がオレってだけで、経営だとかめんどくさいことは全部、影路がやってるけどな。客の相手だって、ほとんどアイツがしてるし」

「そうなんだ」

「ああ、オレの役目は――」

暁闇が話しかけて、ふっと店の入り口の方を見た。ちょうど、一人の小柄な少年が店へと入ってくるところだった。少年の顔には薄暗い店内でもわかるほどの痣《あざ》がついていて、その体は折れてしまいそうなほどに細かった。

少年がカウンターまで来て、影路にスマホを見せる。影路が頷いて、少年を暁闇の隣のスツールに座らせた。

「ハーレクィン、依頼人だ」

暁闇の紅《あか》い目が獰猛《どうもう》に光った。

(依頼人ってことは……)

光輝は改めて少年の姿をまじまじと見つめた。年は光輝より少し下、中学生くらいだろうか。痩せすぎていて、顔色が悪い。離れた場所からでもわかるほどの顔の痣は、近くで見ると、よりいっそう痛々しかった。ちらりと見えた手の甲には、おそらく煙草《たばこ》を押しつけられたとおぼしき、火傷《やけど》の痕がいくつもあった。

(なんだよ、なんなんだよ……)

少年の姿を見ているだけで、光輝は胸がムカムカしてきた。ハーレクィンに依頼しにきたということは、彼に傷をつけたのは彼の親だ。

親は子どもを守るべき存在のはずなのに。

なのに、こんなふうに子どもを傷つける親がいるなんて許せない。光輝は怒りに拳《こぶし》をぎゅっと握りしめた。

「大丈夫だ。オレに任せとけ」

怒りに震える光輝をなだめるように、暁闇が光輝の背中を軽く叩《たた》いた。そして、暁闇が少年へと優しい目を向ける。

「とりあえず、話を聞こうじゃねえか」

「遠慮はいらない。君の望みをハーレクィンに言うんだ」

暁闇と影路に揃《そろ》って促され、少年は緊張しながら口を開いた。

「う、うん。おれ、斗真《とうま》っていいます。あの……その……」

そして少年——斗真は顔を上げ、まっすぐに暁闇を見た。

「おれの親を殺してください！」

その言葉にこめられた切実な響きに、光輝の胸が痛んだ。ハーレクィンの動画で、親を殺したいほど憎んでいる子どもがいるのは知っていた。だが、実際に目の前に現れた斗真の真剣な目と声は、光輝の胸を強く揺るがせた。

（ハーレクィンは……）

暁闇はなんて答えるのか。

光輝はそっと暁闇を見た。暁闇は瞳の赤をますます濃くし、口元に笑みを浮かべて、斗真の手を取った。

「ああ、任せておけ。オレがお前の親を殺してやる」

斗真の顔がぱぁっと明るくなっていく。影路が斗真にコーラとおしぼりを出してやっていた。

「これでも飲むといい。それで……殺してほしいのは父か？　母か？　両方か？」

「両方……。母さんは最近、おれのことはあんまり殴らないけど、弟が……」

「弟がいるのか？」

「うん……おれはまだ耐えられるけど、このままじゃ、弟が死んじゃう」

　ぐすっと斗真がしゃくりあげる。

「弟、まだ小さいんだ。だから、腹減ったら、我慢できなくて。父さんと母さんのおつまみとか食べちゃって。でも、そうしたら、すごく殴られる……おれも、なんで止めなかったって、一緒に……」

「そうか。辛かったな」

「もう、我慢しなくていいぜ」

　骨の浮いた肩を震わせる斗真に、暁闇と影路が口々に声をかける。

「吐き出したいことは全部吐き出しちまえ。お前が背負った恨みは全部、オレが晴らしてやる。お前と弟が苦しんだ分、倍以上にして、罰してやるよ」

「ハーレクィンっ……！」

　斗真がしゃくりあげながら、家でのできごとを話し出す。両親ともにアルコール依存症でしらふでいることはほとんどないこと。酒代とパチンコ代に生活費が消えていくため、斗真と弟はろくに食事もできていないこと。そして、両親の気分次第で、蹴られ、殴られ、水に沈められ、寒空の下、肌着同然の姿で弟とベランダに追い出されたこと……。折れた骨の痛み、ずっと続く飢え、腐ったパンの味。そんなこと、全て。

(許せない)

光輝は腹の底からぐらぐらぐらと怒りが煮えたぎってくるのを感じていた。許せない。なぜ、そんなヤツらがのうのうと生きている？　そいつらに生きている価値なんてないはずだ。ああ、確かにそいつらは殺してしまったほうがいい。

(そうしたら、斗真は救われる)

斗真に救われてほしい、と光輝は強く思った。ボロボロになってまで、弟のことを思う、この優しい少年を助けたいと思った。

光輝に彼を助ける力はないけれど。でも。

(ハーレクインになら……)

ハーレクインになら助けられる。

期待をこめて、光輝は暁闇を見た。暁闇が力強く頷く。

「安心しな。消してやるよ、お前の苦痛」

来たときよりも明るい顔で、斗真は帰っていった。

お土産《みやげ》に、苦痛を消し去る薬だと、暁闇からいくつものカラフルな錠剤をピルケースいっぱいに持たされて。

「ふう……」

一仕事終えた、と言わんばかりに肩を回す暁闇の姿に、光輝は我に返った。

(しまった。僕が聞いていい話だったのか？)

なんとなく流れで一緒に話を聞いてしまっていたが、本来は光輝のような一般人が聞いてはいけなかったような気がする。暁闇も影路も途中でなぜ追い出そうとしなかったのか、わからない。

「あ、あのっ……僕、誰にも言いませんから！」

「あぁん？」

暁闇が不思議そうな顔になる。

「さっきの話……その、聞くつもりなかったし、暁闇たちがいつ襲撃に行くかとか、そういうの全部、誰にも言いませんから！」

「ぷっ……あはははっっ、なんだよ、それ！」

必死な光輝を見て、暁闇が爆笑した。

「そんなんわかってるって。お前は誰にも言わねえ。だって、そんなことしたら、アイツは救われねえだろ？」

「………」

「お前もアイツを助けたいって思ってるのは、わかってんだよ。だから、そんな怯《おび》えた顔すんな。口封じなんてしねえよ」

ぽんぽんと肩を叩かれ、光輝は憮然《ぶぜん》とした顔になった。器の違いを見せつけられたような気がする。

「……本当にあの子の親を殺すんですか？」

「殺しはしないさ」

「え、でも……」

戸惑う光輝に暁闇がにやりと笑う。

「だが、斗真たちの前からは消えてもらう。たっぷり罰を受けてもらうためにな。二度と会わなくてすむようになれば、死んだも同じだろう？」

「まあ……そうですけど」

「安心しろ。アイツらは必ず助ける。オレには力があるからな」

暁闇が手を握って、ぱっと開く。そこには、初めて会ったときに暁闇が飲んでいた真っ赤な錠剤があった。

暁闇の異能力だ。

（羨ましい……）

素直にそう思ってしまった。

光輝にも力があれば、学校でいじめられていた少年を助けることも、斗真を助けることもできるはずなのに。

「コイツがほしいか？」

じっと錠剤を見つめていると、暁闇が光輝の手にそれを載せてきた。

「えっ……？」

「やるよ、それ」

戸惑う光輝の手に自分の手を重ねて、暁闇は錠剤を握らせた。

「それを飲めば、オレと同じ力が使えるようになる。強くなれるぜ」

強くなれる。

それは強烈な誘惑だった。

光輝はごくりと唾を飲みこんだ。錠剤を載せられた手が熱い。受け取ってはいけないと、頭のどこかが警鐘《けいしょう》を鳴らしているのに、拒むことができない。

欲しい、力がほしい。

だって、力があれば、光輝だって『特別な何か』になれるかもしれないのだ。

「ソイツがほしくなったら、いつでもここに来ればいい。オレがいくらでも用意してやるよ、光輝」

暁闇の声が、甘い毒のように心に染みていく。

光輝はハーレクィンの瞳のように赤いそのドラッグをポケットにしまった。


自室に戻ってきた光輝は、ベッドに寝転んだ。

部屋の灯《あか》りが眩《まぶ》しい。

目を閉じると、いろんな思いがぐるぐると渦を巻いて、胸に広がっていく。

(深入りするつもり、なかったのに)

ただスマホを返して、すぐに帰るつもりだった。そして、これっきり暁闇に会いにいったりしないで、ただの配信者とリスナーの関係でいるつもりだった。

なのに。

(こんなものまで、もらっちゃうなんて)

ポケットから赤い錠剤を取り出す。目に痛いほど毒々しい、真っ赤な錠剤。まるで、血を固めたようだった。

(本当にこれを飲めば、ハーレクィンみたいに強くなれるのかな)

脳裏に浮かぶのは、たった一人で大勢の男たちを叩き伏せてしまった、ハーレクィンの圧倒的な強さだ。

路地裏の薄暗がりで、しなやかな獣のように戦うハーレクィンの姿に光輝は魅了された。あんなふうになれたなら、と思う。

だが、同時に得体のしれないドラッグを口にすることに対する恐怖もあった。

(何が起きるか、わからないし……)

この薬には簡単に手を出してはいけない気がする。本当は捨ててしまったほうがいいのだろう。平穏な生活のためには、それがいいはずだ。

けれど、光輝はどうしても薬を捨てることができなかった。

もしかしたら、自分もヒーローになれるかもしれない。そんな一縷《いちる》の希望が光輝の手を止めさせていた。

結局、光輝は何度もゴミ箱と錠剤を見比べ、頭痛薬を入れているのと同じピルケースにしまうことにしたのだった。


「あ……」

昼休み、自販機にジュースを買いに行くと、そこには美優の姿もあった。

「あ、薬師寺くんもジュース買いにきたの？」

「う、うん。あ、そうだ」

この間の約束を思い出し、チョコミントオレを買って、美優に手渡す。美優は一瞬、きょとんとしたが、すぐに思い出したのか笑顔で受け取った。

「覚えててくれたんだ。ありがとう」

「ううん、こっちこそ助かったから」

光輝も硬貨を入れてカフェオレのボタンを押す。水滴のついた紙パックを取り出し口から出しながら、教室に戻りたくないな、とふと思った。

そもそもカフェオレを買いにきたのも、友人との会話から逃げ出してきたからだ。恒例の幸せな家庭の幸せな愚痴を聞くのは、今は苦しかった。

どうしても、昨日聞いた斗真の家庭と比べてしまう。

(……殺したいほどの親、か)

そんな気持ち、友達には絶対わからないだろう。いや、光輝だって本当の意味で理解はできていない。それでも、傷つき、震える斗真を見ていたら、怒りがおさまらなかった。

(あの薬を飲めば、僕も斗真の力になれる……?)

一瞬、そんな考えが浮かぶ。すぐに頭を振って、追い払った。

(いやいやいや、あやしい薬に頼るなんて……)

勇気は出ない。でも、そんな臆病な自分にも嫌気が差す。光輝は大きくため息をついた。

「薬師寺くん、大丈夫……？」

「え、あ、ごめん。うん、ちょっと考えごとしてただけ」

美優がまだいたことに驚いた。自分のことを待っていてくれたのかもしれない、なんて都合のいい考えが頭をよぎる。

「良かったら、裏庭で一緒に飲まない？」

「えっ？」

「ちょっと教室、戻りたくなくて。ダメかな？」

「ダメじゃないよ！」

「じゃあ、行こ」

まるで夢でも見ているかのような気持ちで、光輝は美優と共に裏庭へと向かった。


「綿毛、全部散っちゃったね」

「そうだね」

そんなどうでもいい話をしながら、光輝と美優は二人で並んで、それぞれのドリンクを口にした。美優がふぅっと息を吐く。

「ごめんね、急に誘って。でも、薬師寺くんも教室に戻りたくないんじゃないかなって、なんとなく思ったから」

どうして。

どうして美優はいつも光輝の苦しい気持ちをわかってくれるのだろう。あまりの夕イミングの良さに、光輝は泣きたくなった。

「……な、なんで」

でも、ここで泣くなんてみっともないし、美優を困らせるだけだから、光輝はぐっと堪《こら》えて、それだけを聞き返した。

「なんとなくだって。ほら、私も友達と話するのきつくて逃げてきたし。もしかしたら、薬師寺くんもそうなのかなーって」

「えっと……」

「っていうか、高校入ってから、前より無理してる感じっていうか……中学のときよりも、苦しそうな顔が増えたなーって。あ、気のせいならいいんだけど」

「……いや、たぶん、気のせいじゃないよ」

そうだった。高校に入ってから、前よりもささいなことが気になって、頭痛薬を飲む回数がぐっと増えた。

「でも、何かあったってわけじゃなくて……きっと、何も変わらないことが苦しいっていうか……うん、何言ってるんだろう、僕」

「ううん、わかるよ」

美優が真剣な顔で光輝を見る。

「変わらない毎日は苦しいよね」

「……うん」

美優がわかってくれた。そのことがたまらなく嬉しかった。思わず、ふっと朝から抱えていたものを吐露してしまう。

「……もし、そんな苦しい毎日を変えられるものがあるとしたらさ、天使さんはそれを使う？　危ないかもしれないけど、自分の願いが叶《かな》うものがあるとしたら……」

美優は少し考えてから口を開いた。

「……使う、と思う。だって、願いが叶うんでしょう？」

「危ないものかもしれないよ」

「それでも、だよ」

美優にはそうまでしても叶えたい願いがあるのだろう。それが何かを聞く勇気は光輝にはなかった。

「……天使さんは強いね」

代わりにそうぽつりと呟《つぶや》くと、美優はさみしそうに笑った。

「強くなんかないよ。……でも、強くなりたいなあ」

「……うん、僕もだよ」

そのまま二人で青い空を眺めた。数日前に飛んでいった綿毛は、どこへ行ったのだろう。どこかで強く芽吹いていてほしい。そう思った。

数日後。

光輝はまた旧校舎のトイレで頭痛薬を飲んでいた。

前回は一階のトイレだったが、今回はわざわざ二階まで来た。またイジメの現場に出くわすことはこれでないはずだ。

(僕がいたって、助けられるわけじゃないし……)

少しばかり胸が痛むが、実際、どうしようもない。

そもそも、友人同士のささいな諍《いさか》いに巻きこまれ、その仲裁に疲れた結果、頭痛がひどくなってここに逃げ込んでいるような有様なのだ。

誰とも関わりたくない。

今は、そんな気分だった。

(今日は昼休みが終わるまで、ここで時間を潰そう)

深くため息をついて、スマホを取り出す。どのみち、頭痛はすぐには治まりそうもなくて、教室に戻る気になれなかった。

しかし。

「はいはーい、楽しい楽しい便所掃除の時間がきましたよー?」

がやがやと騒がしい声と共に、光輝のつかの間の平穏は破られた。

「つたく、お前、使えねえんだよ！」

「万引きでもなんでもしてこいってんだ！」

鈍く響く、肉に拳を打ちつける音。呻き声。笑い声。まるっきり、前の繰り返しだった。頭痛が一気にひどくなって、光輝は身を丸めた。

「とはいえ、便所掃除させんのも飽きたし、お前、なんかおもしろいことやれよ」

「お、おもしろいことって……」

「それはお前が考えるんだよ！」

「う、ぐぅっ……！」

前回はたまたま助けられた。でも、今回は。助けたい。でも、怖い。どうすればいい。どうしたらいい。光輝の思考が混乱する。

「そうだ。この間、安全ピンで入れ墨彫る動画見たんだよ。ちょっとやらせろよ」

「ひっ……！」

「おっ、いいな、それ！」

「ほら、暴れんなよ！」

「い、嫌だっ、やめて……！」

悲痛な叫びが耳を刺す。

光輝はぐっと奥歯を噛みしめた。ダメだ。助けられない。自分が割って入ったって、殴られるだけだ。だって、自分は弱い。力がない。力があれば。

ああ、ハーレクインみたいな力があれば！

「つっ！」

無意識にポケットに入れた指先にピルケースが触れた。おそるおそる取り出す。真っ赤な錠剤が目に飛びこんできた。

（これを飲めば……？）

これを飲めば、ハーレクインのような力が手に入ると暁闇は言っていた。それが、嘘か本当かはわからない。でも、光輝は試してみようと思った。

嫌だった。

また、ここで震えているだけで、後悔するのは。自分の弱さにうんざりして、『特別な何か』に憧れるだけなのは。

『強くなりたいなあ』

そう言っていた美優の言葉が脳裏に蘇る。自分もそうだ。強くなりたい。今、叶えたい願いがある。そのためなら踏み出せる。

（本当に、力が手に入れられるなら……）

ピルケースから、錠剤をつまみ出す。それは、血なまぐさい臭いがした。舌の上に載せる。鼻腔に抜ける、強い血の臭い。

（僕は……！）

噛み砕く。飲み下す。

すると――

「つっ⁉」

ずっと治まらなかった頭痛が消え去った。一気に頭の中がクリアになる。体中に力がみなぎっていた。

光輝はすっくと立ち上がった。

大丈夫。

なぜか、そう思えた。もう負けない。今の自分には力がある。理不尽な暴力に、暴力で対抗するだけの力が！

「どこに彫るよ？」

「顔はさすがにやべえからなあ。ケツとか？」

「いいな、それ！　ケツにうんこ彫ってやろうぜ！」

好き勝手を言えるのも、ここまでだ。

「やめろ！」

光輝は扉を開け、柄《がら》の悪い男子たちと気弱そうな少年の間に割って入った。リーダー格らしい、安全ピンを持った少年が光輝を睨《にら》む。

「なんだ、テメェ……？」

「やめろって言ったんだ。聞こえなかったのか？」

自分が自分じゃないみたいだった。

普段の光輝なら、こんな自分より遥《はる》かにガタイのいい怖そうな少年に睨まれただけで身をすくませていただろう。でも、今は違う。一歩も引く気になれなかった。

「うぜえんだよ！　邪魔すんな！」

気が短いのか、リーダーが拳を振りかぶる。

だが、光輝にはその動きはまるでスローモーションのように見えた。右に一歩で軽くかわし、そのまま拳を相手のみぞおちに叩きこむ。

「ごふっ……！」

拳に肉がぶつかる衝撃が抜け、ぐっと腕全体の筋肉が熱くなる。人を殴るのなんて初めてだったが、まるで体がやり方を知っているように、自然に動いた。

「げほっ、ぐっ、ごほっ……」

よほどダメージが深かったのか、リーダーが体を半分に折って、何度も咳《せ》きこむ。

取り巻きの少年たちがざわめいた。

「お、おい、なんだよ、あいつ……」

「やべえんじゃねえの……？」

腰の引けた少年たちに、リーダーが怒鳴った。

「テメェら、びびんな！　相手は一人だ、袋にしちまえ！」

「お、おう！」

狭いトイレの中で、取り巻きたちが光輝を追い詰めようと迫ってくる。しかし、光輝は焦《あせ》ることなく、逆に一人の懐に飛びこむと顎《あご》を掌底《しょうてい》でかちあげた。

「がっっ!?」

バランスを崩した少年にさらに蹴りを入れて、数人の少年をまとめて吹き飛ばす。床に折り重なって倒れた少年を追撃で踏みつけ、蹴り飛ばし、反撃の芽を潰した。

そして、背後から襲いかかってきたリーダーのみぞおちに再び拳を叩きこんで、反吐《へど》を吐かせる。

「う、あ……」

ケンカなんて一度もしたことはなかった。

でも、きっとこれがハーレクインと同じ力なのだろう。光輝の腕は、足は、最初からそのためにあったかのように動いて、少年たちを叩きのめしていく。

楽しかった。

ひどく気分が高揚する。ドキドキが止まらない。目の前にずっと花火が上がっているようで、視界は眩しく、きらめいていた。

楽しい。楽しい。楽しい。

「ひっ……も、もう、許してくれ……！」

「くそぉっ……！」

少年たちがほうほうのていでトイレから逃げ出す。さすがに追うことはせずに、光輝は大きく息を吐いた。

「あ、あの……」

おずおずと声をかけられ、光輝は振り向いた。ズボンのベルトを外された少年が怯えた顔で光輝を見上げている。

「助けてくれて、ありがとう……」

それだけを言うと、少年は急いで立ち上がり、ズボンを直すと走ってトイレから出ていった。

助けられた。

安堵《あんど》と喜びが光輝の胸を満たしていく。

けれど、それ以上に初めて人を殴った拳の熱さが、光輝を酩酊《めいてい》させていた。

気がつけば、光輝はカフェ『ハーレクィン』の前に立っていた。

あの後、何の授業を受けて、どうやってここまで歩いてきたのか、さっぱり覚えていない。まるで夢の中みたいに、頭がふわふわしていた。

扉を開ける。

鼻をつく、ケミカルな甘い匂い。それは、どこかハーレクィンにもらった真っ赤な錠剤の臭いと似ている気がして、さらに気分が高揚してきた。

「来たか、光輝」

店の奥から、暁闇――いや、道化師の仮面をつけたハーレクィンが現れた。隣にはファントムのような仮面をつけた影路が付き従っている。他にも百円均一で売っている安っぽい動物のマスクをつけた少年たちがいた。

「お前は来ると思ってたよ」

ハーレクィンがにぃっと笑った。

「もしかして……」

「ああ、襲撃だ。今から斗真のクソ親どもを拉致しに行く」

どきり、と胸が高鳴った。

ハーレクィンの紅い瞳をまっすぐに見つめる。ハーレクィンも光輝を見つめ返してきた。二人の視線が交錯する。

「一緒に来いよ、光輝」

ハーレクィンが光輝に仮面を差し出した。彼のマスクによく似た、道化師のフル

フェイスマスク。お揃《そろ》いだ、と思った。

「お前も、ヒーローになろうぜ」

光輝はその仮面を受け取ると、身につけた。

まるで光輝のために誂《あつら》えたかのように、その仮面はぴったりと光輝の顔に張り付いて、光輝の一部になった。

力がわいてくる。もう何も怖くない。

「行こう……ハーレクイン」

光輝は楽しげに笑うと、ハーレクインたちと共に闇に向かって踏み出した。


月の綺麗《きれい》な夜だった。

ハーレクインに導かれ、光輝たちは下町にあるボロボロのアパートにやってきた。

切れかけの電灯がジジッ、ジジッと点滅する階段を上り、ハーレクインが二階にある一室の前に立った。

「ごめんなさいーっ！」

「うるせえ！　わめくんじゃねえ！」

扉の向こうから子どもの泣き声と酒に焼けた怒鳴り声が聞こえてくる。光輝の頭にかっ、と血が上《のぼ》った。思わずドアを開けて乗りこもうとして、ハーレクインに腕を掴まれた。

「なんで、止めるんだよ！」

「まあ、待て。準備がある」

ハーレクインが影路に鋭い目を向けた。

「影路。さっさとやれ」

「了解」

影路が指をぱちん、と鳴らした。と、影路の手から靄《もや》が溢れ、周囲に広がっていく。アパートの前の景色がひどく歪《ゆが》んで見えて、光輝は一瞬、気持ち悪くなった。

ハーレクインが光輝の背中を軽く叩く。

「安心しろ。影路が異能力で空間を遮断しただけだ。これで、オレたちがここでどれだけ暴れたって、誰にもバレねえ」

確かにアパートの他の部屋からわずかに聞こえていた生活音などが、きれいに消えていた。残っているのは部屋から聞こえる虐待の証だけだ。

影路がハーレクインの前に跪《ひざまず》いた。それに倣《なら》い、ついてきた他の少年たちも膝をつく。光輝も真似《まね》ようとしたが、ハーレクインに止められた。

「お前はそんなことしなくていい」

そう囁《ささや》いて、ハーレクインが影路たちを見下ろす。影路が陶酔したまなざしでハーレクィンを見上げた。

「ハーレクィン、命令を」

その言葉に、にぃ、とハーレクィンの口の端が上がる。

「さあ、突入だ。クズ親どもを引きずり出せ！」

「イエス、ハーレクィン！」

安普請《やすぶしん》のドアが蹴破られた。

「なんだ、テメェら⁉」

幼い男の子に馬乗りになり、煙草の火を押しつけようとしていた髭面《ひげづら》の男が、部屋に乗りこんできたハーレクィンたちを見て、怒鳴った。だが、すぐに媚《こ》びへつらうような笑みを浮かべる。

「借金取りかァ？　だったら、ちょっと待ってくれよ。あ、そうだ。金、金……とりあえず、これで……」

テーブルの上に置いてあった封筒を男が掴む。

部屋の隅で鼻血を出したまま、うずくまっていた斗真が叫んだ。

「それっ、水道代……」

「うるせぇ、水なんざ、公園で飲んでろ！」

斗真が男に突き飛ばされ、床に転がされる。その斗真に助けを求めるように手を伸ばしながら、真っ赤に腫れた頬を涙と鼻水でぐちゃぐちゃにした男の子の姿に、光輝はマグマのような怒りがこみ上がってきた。拳を握りしめる。

「ぶばっ⁉」

次の瞬間には光輝の拳が男の顔面を捉《とら》えていた。頬骨を殴りつけた硬い感覚。男が壁まで吹き飛ぶのを見て、光輝の脳をアドレナリンが満たしていく。

「あ、アンタたち、なんなの⁉　け、警察呼ぶわよ！」

眉のないジャージ姿の女が血相を変えて叫ぶ。影路がスタンガンを手に女に近づいた。バチバチっと女の目の前で火花が散る。

「あいにく、ここには誰も来ない。お前たちの人生はここで終わりだ」

影路が女の首筋にスタンガンを押し当て、女はくたりと意識を失った。

「ひ、ひぃ……」

頬を赤く腫らした男が腰を抜かしたのか、這《は》いずって逃げようとする。その男の背後にハーレクィンが立った。男の首に腕を巻きつけ、にやりと笑う。

「おっと、どこへ行くんだよ」

「やめ……放せ……」

「そいつは聞けねえなあ」

そのまま、ハーレクィンが腕に力をこめる。男がすぅっと顔色を失い、昏倒《こんとう》した。

動物マスクの少年たちが遺体袋を用意し、手慣れた様子で気絶した男を詰めこんでいく。

「こちらも完了だ。ハーレクィン」

影路が女を詰めこんだらしい遺体袋を担いだ。それを見て、ハーレクィンが満足げに頷く。

「それじゃ、懲罰室に連れていくとするか」

あまりの手際の良さに光輝は少し拍子抜けした気分になった。まだパンチ一発しか、このクズ男にくれてやっていない。

不満げな光輝の肩を暁闇がなだめるように叩いた。

「そんな顔すんな。本番はここからだ」

そして、紅い瞳をなごませ、大きな手で光輝の頭を撫《な》でるハーレクィン。

「良くやった、光輝。いいパンチだったぜ」

「……ありがとう」

ハーレクィンに褒められて、じんわりと光輝の胸に温かいものが広がっていく。自分よりずっとできのいい、憧れの兄に褒められたような感覚がして、妙にくすぐったくて、光輝はまだ殴った感覚の残る拳を何度も握ったり開いたりした。

「あ、あの……ハーレクィン……」

光輝がハーレクインに褒められた余韻を味わっていると、斗真がおずおずと声をかけてきた。その顔には鼻血が固まった痕があり、痛々しい。

「おれも、その、ついていったほうが……」

ちらりと斗真が男の子のほうを見た。男の子は何が起きたのか、わからない様子でぼんやりとしている。

ハーレクインが斗真に首を振った。

「お前は弟の面倒を見とけ」

「でも……」

「安心しろ。こいつらはオレが必ず殺す」

憎しみをこめて、遺体袋の上からハーレクインが斗真の父親を蹴る。

まだ迷うそぶりを見せる斗真だったが、弟に服の裾を掴まれると、弟の手を握って、頭を撫でてやっていた。

「おい、斗真。あと、これを飲んどけ。楽になる」

「あ、ありがとう……」

ハーレクインがざらざらと手からカラフルな錠剤を出し、斗真に渡す。

「全部終わったら連絡する。それまで弟とゆっくり休んどけ。どうしても、あのクソ親どもが苦しむところが見たいってんなら、動画で見ろ」

「……わかった」

斗真が頷く。ぼんやりとしていた弟が、顔を上げた。ぽつり、と呟く。

「もう……きょうはいたいの、おしまい？」

その呟きに光輝は胸がぎゅっと締めつけられた。『きょうは』という言葉に、彼がこれまでどれだけ苦痛の日々を重ねてきたかと思うと、苦しくなる。

ハーレクィンがしゃがんで、弟と目線を合わせた。

「ああ、おしまいだ。今日は、じゃない。もう、ずっとずっとおしまいだ」

「……………」

その言葉はまだ信じられないのか、弟は斗真の陰に隠れてしまった。そんな幼子の姿にますます怒りがわいてくる。

ハーレクィンが立ち上がると、目線で動物マスクの少年たちに合図した。少年たちが協力して、父親の入った遺体袋を持ち上げる。

「その怒りは後で存分にコイツらにぶつけろ。……行くぞ」

ハーレクィンが歩き出し、その後に影路と少年たちが続く。光輝はちらりとだけ斗真とその弟を見ると、自分もハーレクィンを追った。

夜は、まだ長い。

カフェ『ハーレクィン』の地下。

そこには懲罰室があった。いくつもの血の染みがそのままになっている、コンクリートの壁と床。壁には罪人を吊《つ》り下げるための手枷《てかせ》と足枷が設置されている。作り付けの棚にはいくつもの拷問器具。棚に収まりきらなかった道具は、無造作に床に転がされていた。

部屋の中央には手術台が置かれている。手術台にも拘束具が備え付けられていた。今、そこには斗真の父親が全裸に剥《む》かれて拘束されている。

母親の方は手足を縛られ、ボールギャグを噛まされた状態で、部屋の隅にある小さな檻《おり》にむりやり体を折りたたまれ、詰めこまれていた。

動物マスクをつけた少年たちは、ハーレクィンから報酬をもらって帰宅し、懲罰室に残ったのはハーレクィンと影路、光輝の三人だ。

目の前には罪人が二人。

影路が撮影機材をセットしていく。これから、今まで動画で見てきたような凄惨《せいさん》な暴力が行われるのだと思うと、光輝の指先に震えがきた。

怖い。

ドラッグによる高揚が落ち着いてきたせいか、恐怖がじわじわと足下からせり上がってきていた。とんでもないことに手を出してしまった気がする。口の中がカラカラに乾いてくる。唾を飲みこもうとしたら、喉がずきりとした。

「……怖くなったか？」

「そんな、ことは」

光輝の内心を見透かしたように、暁闇が声をかけてくる。否定したものの、指先の震えはごまかせなかった。暁闇がぽんぽんと光輝の背中を叩く。

「最初は見てるだけでいい。……手本を見せてやる」

そう言って、暁闇が影路の構えるカメラに思い切り顔を近づけた。

「ごぉきげんよう、ピエロども♪　ハーレクィンだ」

耳になじんだ台詞《せりふ》だった。

「お前ら、お楽しみの懲罰タイムの始まりだぜ？」

光輝の脳内でいつも配信のときにかかっているラウドロックが再生され始める。いつもの動画を見ているような気分になってきて、恐怖がだんだん薄れてきた。

「さーて、今日の罪人はコイツらだ」

影路のカメラが拘束された父親と母親に向けられる。暁闇が火のついた煙草を弄びながら、犬歯を見せつけるように笑った。

「コイツらは子ども二人をずーっと痛めつけてきた悪人だ。餓死寸前までメシも食わせず、気分次第で殴る蹴るは当たり前、煙草の火を押しつけたり、寒空の下、外へ放り出したりとやりたい放題だ。このままだったら、子どもは死んでてもおかしくなかっただろうな。何せ、アイツら、骨と皮しかなかったんだぜ？」

暁闇が煙草の火を男の顔に押しつける。男がびくんっと体を跳ねさせ、目を覚ました。

「っつ……な、なんだ、ここ……お前……」

「許せねえだろ？　許せねえよなあ？　だからオレが依頼人に代わって、今からコイツを罰してやる」

暁闇が再び煙草を男の顔に押し当てた。男が汚い悲鳴を上げる。暁闇が新しい煙草に火をつけたところで、男が恐怖から叫んだ。

「や、やめろよ！　俺が何したって言うんだよ。依頼人ってなんだ？　俺は何も恨まれることなんて……ごぶぅっ！」

何もわかっていない男の見苦しい台詞は、暁闇の拳で中断された。へし折れた前歯が飛んでいく。

「ひっ、ひっ……」

「まだわかんねえのか？　依頼人はお前の息子たちだよ。お前がさんざん痛めつけてきたなァ！」

「ぎゃっ！　ぎっ！　おごぉっ！」

煙草を放り投げた暁闇が何度も男の顔面を拳で殴った。火傷の刻まれた頬が腫れあがっていき、折れた歯と鼻から血飛沫《ちしぶき》が上がる。

「煙草を押しつけたのも、殴るのも、お前がやったことだろ？　あぁ!?」

「うあ……む、息子……？　くそっ、アイツら……！　俺は何もしてねえ！　テメェのガキ殴って何が悪いんだ。ただの躾《しつけ》だろ……」

血まみれの顔でそうほざく男を見ていたら、光輝は頭に血が上ってきた。恐怖が薄れ、怒りがそれに取って代わっていく。

「だって、アイツら役に立たねえんだから、しょうがねえだろ？　親の言うことは聞くもんじゃねえか。俺は何も悪くねえ。ガキは殴って躾《しつ》けるのが一番じゃねえかよ」

(何も悪いことをしてない？　ただの躾《しつけ》？　……ふざけるな！)

斗真が、その弟がどれほどの絶望の中で生きてきたと思っているのだ。あの二人はいつ死んだっておかしくなかった。自分よりも遥かに大きい男にのしかかられ、煙草の火を押しつけられそうになって怯えていた幼い子どもの泣き顔を思い出すだけで、光輝の全身を怒りが満たしていく。

そうだ、怖いなんて言っていられない。

自分はヒーローになるんだ。

理不尽な悪を叩き潰す、闇のヒーローに。

「シツケ？　お前がやってきたのは、ただの虐待だよ。オマエはアイツらを殺そうとしてたんだ。だったら、殺されても文句は言えねえよなァ？」

「んなっ……お、お前には関係ねえだろ！　なんなんだよ、お前！」

「オレ？　オレはハーレクインだよ」

暁闇が怒りに目を炎のように輝かせ、男を見下ろした。

「さっきも言ったろ？　オマエらの息子に依頼されて、オマエらを殺す処刑人。子どもの味方の道化師、ハーレクイン。それがオレだ」

暁闇が男の首に手をかけた。ぎりぎりと首を絞めていく。

「怯えろ。震えろ。ただでは死なせねえ。アイツらにオマエが与えた苦痛をたっぷり思い知らせてやる。濃縮還元バージョンでな！」

「ひぃ……ひぃ……やめ……」

「アイツらがそう言ったとき、オマエ、やめたのか？　やめてねえよなァ！」

暁闇が手を離し、代わりに男の頬を拳で殴った。

「夜は長いんだ。次はどうする？　溺れる寸前まで水に顔つっこんでやろうか？　なあ、ほら、お前、アイツらに何したか、覚えてるか？」

「ごぶっ、ぶふぅっ！」

暁闇が男の腹を殴るのを光輝は魅入られたように、ずっと見つめていた。

頭がガンガンする。

ずっと動画で使うラウドロックが頭の中で鳴り響いている。

暁闇の薬を飲んだときのように、アドレナリンが大量に分泌され、心臓がドキドキしっぱなしだった。怖くはない。ただ、衝動が体の中を駆け巡っている。

「お、覚えてなんか、いねえよ……いいじゃねえかよぉ、もう……死んでねえんだし、たいしたことなんか、してねえよぉ……」

涙と鼻水で顔をぐちゃぐちゃにした男があわれっぽく許しを乞うのを聞いて、ついに光輝の堪忍袋《かんにんぶくろ》の緒が切れた。

（こいつ……何も反省なんかしてない！）

光輝は爪が手のひらに食いこむほど、強く拳を握りしめた。一歩、前に踏み出す。

暁闇が光輝へと振り返った。返り血の飛んだマスクが光輝を誘う。

「お前もやってみるか？」

迷いや戸惑いはもうなかった。

頷き、踏み出して、光輝は暁闇と交代した。あちこちに丸い火傷ができ、鼻血を出した男の顔を見下ろす。こいつは悪だ。そう思った。

「これが、あの子たちの痛みだ！」

拳を振り上げ、男の顔面に振り下ろした。

「ぐぎゃっ！」

人体を殴った衝撃が拳に伝わり、鼻血が光輝のマスクへと飛び散った。強い血の臭いにくらくらする。まだだ、まだ、こんなものじゃない。

男の腹の上にまたがり、マウントポジションを取った。右、左、右、左。拳を何度も何度も男の顔面に打ちつけていく。道具を使うことは、考えなかった。ただ、今はこの拳で男に殴られる痛みをひたすら思い知らせたかった。

男の顔面が赤く染まっていく。まぶたも頬もパンパンに腫れ上がって、もはや元の顔がわからないほどに歪んでいく。男は殴り始めた最初こそ叫びを上げていたが、じょじょにその声は小さくなっていき、やがて、びくんっと体を震わせるだけになった。

光輝の息が上がり、拳を下ろす。床に赤い雫《しずく》が滴《したた》った。肩に手を置かれ、振り向くと暁闇の笑顔があった。歯を剥き出しにした、物騒な笑顔。

「それ以上やると、死んじまうからな」

そう言われて、光輝は一瞬、戸惑った。夢中で殴り続けたせいで、男はほぼ瀕死《ひんし》の状態だった。潰れた鼻と口から漏れる、ひゅーひゅーと苦しげな息だけがかろうじて男が生きていることを示している。それでも、殺してしまうと思ってしまったら、かすかに残った理性が、光輝を迷わせた。

「安心しろ。コイツには今から世の中の役に立ってもらう」

光輝の迷いを見透かしたようにそう言って、暁闇が光輝を男の上から下ろし、後ろに追いやった。スポットライトが暁闇と男を照らす。

暁闇が男の顔面に手を当てた。

「さーて、お前は今から生まれ変わる。お前が苦しめた斗真たちのためにも、せいぜい頑張って長生きしてもらうぜ？」

男の唇が震え、何か言いたげに動く。しかし、その喉からこぼれるのは意味をなさない呻《うめ》き声だけだった。

「さあ、ショーの終わりだ」

暁闇の目が妖《あや》しく光る。すると、男の口からカラフルな錠剤が一気に溢《あふ》れ出てきた。暁闇が斗真に渡していた錠剤だ。まるで噴水のように男は錠剤を盛大に吐き出し——ぐるりと白目を剥いて気絶した。

「まずは一人っと」

ハーレクィンがぺろりと唇を舐《な》める。そして、母親が閉じこめられている檻に視線を向けた。影路の構えるカメラもそちらを向く。

「それじゃ、こっちのクズもオシオキするかァ！」

夫の凄惨な姿を見せつけられ、ずっとガタガタ震えていた女が身動きの取れない体で少しでも恐怖から逃れようと身じろぎする。檻の鍵が開けられ、ハーレクィンがボールギャグを外した。絶叫が上がる。

「オマエも、たっぷり苦しめよ?」

爪先が女の腹にめりこみ、第二の懲罰が始まった。

「これにて、ショーは閉幕だァ! オマエら、いい子に寝ろよ?」

母親への懲罰も終わり、気絶した二人が床に転がされていた。光輝はジンジンと疼《うず》く真っ赤に染まった拳を握りながら、二人をぼんやりと見つめていた。

光輝は酒を飲んだことはないが、酔っ払うとはこういう状態を言うのかもしれない。夢見心地でふわふわとまるで宙に浮いているようで、心地良かった。

母親の方も、ハーレクィンは光輝に好きなだけ殴らせてくれた。女のほうがぎゃーぎゃーとわめく時間は長かったかもしれない。でも、その口が何も言えなくなるまで殴り続けるのは快感だった。

これが法で許されることではないのはわかっていた。けれど、法は斗真たち兄弟を今まで救ってはくれなかったのだ。

(だから、しかたないんだ。そう、こいつらはこんなことをされたって、しかたないクズなんだから!)

だから、殴った。

いじめられていた少年を助けたときのように、正義感と怒りを拳にこめて、光輝はクズを殴ったのだ。光輝にもできたのだ。やっと、見ているだけの自分は卒業できた。

とても、晴れやかな気持ちだった。

「さて、と……影路、そいつはいつも通りにバラまいとけ」

「わかった」

男たちが吐き出した錠剤を影路が拾い集めていく。

「それから、ソイツらは『精製工場』に連れてっとけ。いい薬をこれからも作ってくれるだろうさ」

「そろそろ『工場』が狭くなってきたが、どうする」

「任せる。金はあるだろ。細かいことはお前の仕事だ」

「……わかった」

不穏な会話を影路としていた暁闇が光輝に振り返った。

「さ、今日は終わりだ。帰ろうぜ」

「あの、後片付けとかは……」

「そんなものは影路に任せておけばいいんだよ」

暁闇に促され、光輝は地下室を後にした。階段を上っている途中で、急激に眠気が襲ってくる。くらりと倒れかけたところを暁闇が支えてくれた。

「なんだ、眠いのか？　まあ、そうか。もうこんな時間だからな。オマエにとっちゃ、ずいぶんな夜更《よふ》かしだ」

「ごめん、なんか急に……」

「いいって、いいって、気にすんな」

眠ってはいけないと思うのに、背中に回されたハーレクィンの大きな手が温かくて、まぶたがどんどん重たくなってくる。

「ハーレクィン、僕……ヒーローに、なれたかな……」

「なれたさ」

優しく、やわらかい声が光輝の耳朶《じだ》を打つ。

「オマエはもっと強くなる。そして……」

その先は聞こえなかった。温かな手を懐かしいと感じながら、光輝は意識を手放した。それは、とても心地良い眠りだった。

第三章

Chapter 3

黄昏の決意

ALTER EGO RONDO OF LIGHT AND DARKNESS

第三章 黄昏の決意

翌日、光輝《こうき》はすっきりした気分で目覚めた。

どうやって帰ってきたのか、まったく覚えていないが、ちゃんと自宅のベッドの上だ。もしかしたら、ハーレクィンが送ってくれたのかもしれない。

血まみれだった手も綺麗《きれい》になっていて、服も返り血で汚れたものではなく、ハーレクィンが着ているようなパンクテイストのシャツとパンツだった。

(着替えまでさせてくれたのか……?)

自分が眠っている間にあれこれ世話を焼くハーレクィンを想像するとおかしさと気恥ずかしさが同時にやってきた。

(まるでお兄ちゃんみたいだ)

兄がいたことなどないし、光輝はずっと一人っ子だが、ハーレクィンのなれなれしい面倒見の良さは兄のようだと思っていた。

(夢じゃないんだよな)

こうして朝日の差しこむ自分の部屋にいると、血なまぐさい夜のことが夢のように感じられる。でも、今、着ている服は絶対に光輝のものではない。それが昨日あったことの確かな証明のようで、くすぐったかった。

（生まれ変わった気分だ）

ピルケースを見ると、見慣れた頭痛薬と並んで、暁闇《あきや》にもらった真っ赤な錠剤が入っていた。真紅の錠剤を見ると、昨日のことを思い出して、ドキドキした。ついにやった。やってしまったのだ。光輝は一歩を踏み出して、ヒーローになったのだ。

この錠剤があれば、またいつでもヒーローになれる。

そう考えてしまって、光輝はぞくりとした。

一度使っただけなのに、あの圧倒的な高揚感は光輝を虜《とりこ》にしていた。あるかもしれない副作用への不安や、人に暴力を振るったことへの罪悪感はなくもないのだが、それ以上に気持ちが昂《たか》ぶっている。

いざというときだけ使おう。そう考えて、光輝はポケットにピルケースをしまった。

いつもなら学校に行かなければと思うだけで頭が重く、朝食の前にまず自室で頭痛薬を飲む生活だったが、今日は必要ない。

光輝は晴れ晴れとした気分でベッドから降りた。

シャワーを浴びて制服に着替え、テーブルに置いてあったパンをかじり、昼食代を財布に入れる。父親はとっくに家を出ていったようで、母はまだ寝ている様子だった。いつものことだ。たまに寂しいと思うこともあったが、今日は気にならない。

放課後になったら、カフェ『ハーレクィン』に行こう。

暁闇に会いたい。会って、昨日のことを褒めてほしい。

わくわくした気持ちで、光輝は学校へと向かった。


放課後。

光輝は友人たちの誘いを適当にかわし、まっすぐにカフェ『ハーレクィン』を目指した。今までの光輝なら入ることを躊躇《ちゅうちょ》するような薄暗く饐《す》えた臭いのする路地裏を臆せず通り抜け、ネオンランプの看板が目に痛いカフェのドアを開ける。

「いらっしゃ……なんだ、お前か」

カウンターの奥でグラスを磨いていた影路《えいじ》が光輝を見て、露骨に顔をしかめた。

しっしっと手を振って、追い払う仕草までしてくる。

だが、もうそれに怯《ひる》む光輝ではない。

ずかずかと店の奥まで進むと、カウンター前のスツールに座った。影路がゴキブリでも見るかのような目で睨《にら》んでくる。

「何しに来た」

「……暁闇に会いに」

「ふざけるな。お前がなれなれしく暁闇の名前を呼ぶな」

「……でも、暁闇はいつでも来ていいって」

「くそっ！」

影路が苛立《いらだ》ちを隠さずに布巾《ふきん》をカウンターに叩《たた》きつけた。

「ここはお前みたいな苦労知らずのお坊ちゃんが来るところじゃない。暁闇が何を言おうと、俺はお前を認めない」

まっこうから敵意をぶつけられ、さすがに光輝の喉がぐっと詰まった。

「お前は何もわかっていない。痛みも苦しみも知らないくせに。どうして、ずかずかと暁闇の場所に踏みこんでくるんだ。いいか、暁闇は俺たち、暗いところにいるヤツのヒーローなんだ。なのに、お前は……」

ぎり、と影路が奥歯を噛《か》みしめる。暴発しそうな感情を必死に押さえこんでいるように見えた。

「なんで、そこまで……」

思わず疑問を口にしてしまう。影路の鋭い目が光輝を射た。

「俺は暁闇に救われたからだ」

「じゃあ、影路さんの親も……」

「クソみたいな親だったよ」

影路が苦々しい顔で吐き捨てる。

「あと少し、暁闇が俺を見つけるのが遅かったら、きっと俺は親に殺されてただろうな。そして、三面ニュースにでも載って、おしまいだった。けど、暁闇が俺をあの地獄から救い出してくれたんだ」

影路の瞳が熱を帯び始める。

「それだけじゃない。暁闇は俺の苦しみを薬で消してくれた。俺は暁闇がいなかったら、とっくに死んでただろうさ。だが、俺は今、こうして生きていられる。飢えることも、自分の反吐《へど》の中でのたうち回ることもなく、生きていられるのは暁闇が俺に手を差し伸べてくれたからだ」

光輝は何も言えなかった。影路の話は嘘《うそ》ではない。きっと彼も斗真《とうま》と同じ「家」という名の地獄で苦しみ続けたのだ。影路が光輝を見て、鼻で笑った。

「お前は渇きのあまりトイレの水を飲んだ記憶なんてないだろう？　ぬくぬくと守られて育ったお坊ちゃんだからな」

そして、影路は深くため息をついた。

「どうして、お前みたいなヤツが暁闇の……」

「はいはーい、そこまでな。仲良くしろとは言わねぇが、光輝のことはちゃんとオレの客としてもてなせよ」

「暁闇……」

手品のように暁闇が光輝の座っているカウンタースツールの隣に現れた。影路が気まずそうに目をそらす。

「お前がそうしろと命じるなら、そうするが……」

「ああ、命令だ、影路。光輝のことはちゃんともてなせ」

「……わかった」

渋々といった様子で影路が水とおしぼりを暁闇と光輝の前に置いた。暁闇がマスクの下から歯を見せて、にかっと笑う。

「よう、光輝。せっかく来てくれたのに、影路のヤツが塩対応で悪《わり》ぃな」

「あ……いや、気持ちはわからなくもないから……」

影路が暁闇に心酔しているのは、短い付き合いでも理解していた。いくらドラッグの力で強くなったとはいえ、ぽっと出の一般高校生が暁闇にかわいがられていたら、おもしろくはないだろう。

(それに、なんで僕がこんなに暁闇に気に入られてるのか、わからないし……)

「くだらねぇこと考えてるな、光輝」

「い、いひゃいよ」

暁闇に頬を引っ張られる。顔を上げると、暁闇の紅《あか》い瞳は優しい色をしていた。

「お前は選ばれたんだよ。あのドラッグを飲めば、誰でも強くなれるわけじゃねえ。

お前だから、力を得られたんだ、光輝」

「そうなの……？」

「そうだよ。お前は特別なんだ」

「特別……」

「お前だけがオレと同じ力を得られる。それがオレには一目でわかったから、お前を無理矢理ここに連れてきたんだ。オレと同じ力を使うことができる、お前だけがオレオレの運命の相棒だから」

　暁闇にそう言われたら、借り物だった力がしっくりなじんでくるような気がした。

今まできっかけがなかっただけで、光輝自身に異能力が眠っていたのかもしれない。

いや、きっとそうだ。そして、それを目覚めさせてくれたのが、暁闇がくれた真紅のドラッグなのだ。

「あの……ありがとう」

「ん？　なんだ、いきなり」

「僕を目覚めさせてくれて。暁闇には、僕に力があるって、わかってたんだね。それって、やっぱり異能力者だから？」

「ははっ。まあ、そんなところだ。でも、一番の理由はお前とオレが運命の相手だからだけどな」

前は冗談にしか聞こえなかったその言葉が、今は本気に聞こえた。異能力者には異能力者がわかるものなのかもしれない。あるいは、だからこそ、光輝はハーレクィンの動画に惹《ひ》かれたのかもしれない。

「ま、でも、オレに礼を言う必要はないぜ。むしろ……」

暁闇が店の入り口に目を向ける。

「今日はお前が礼を言われる側だ」

ずしりと重いドアが開いて、斗真が店内に入ってきた。斗真はおどおどとカウンターのほうへ歩いてくると、暁闇と光輝に向かって頭を下げた。

「あのっ、ありがとうございました！」

斗真が顔を上げる。その頬にはまだ痛々しい痣《あざ》が残っていたが、表情は晴れやかだった。最初に来たときの思いつめたような影はもうない。

「昨日は、おれも弟も生まれて初めてぐっすり眠れてっ……朝起きたら、好きなだけごはん食べられてっ……もうっ、もうっ……こわがらなくてもいいんですよね……何も怖くないいんですよねっ……」

話しているうちに感極まってきたのか、斗真の頬を涙がぼろぼろと伝った。暁闇がその涙を指先で拭ってやる。

「ああ、お前のクズ親は二度とお前たちの前には現れない。もう、お前と弟を苦しめるヤツはどこにもいないんだ。これからは安心して眠れ」

「はいっ、はいっ……！」

「それでも、辛《つら》くなったらコレを飲め。ここまではサービスしてやる」

暁闇がカラフルなお菓子のような錠剤を斗真の手に握らせた。

「ありがとうございますっ……！」

「次からは店に来て、ちゃんと注文しろよー？」

「はいっ！」

斗真が錠剤を大切そうにポケットにしまいこむと、改めて深々と頭を下げてきた。

「本当にありがとうございました。おれ、弟と二人で頑張ります！」

そう言って去っていく斗真の背中が眩《まぶ》しくて、光輝は胸がじんと熱くなった。

「どうだ、自分が救った人間に礼を言われた気分は」

「あの……えっと……すごく、嬉《うれ》しい」

あのクズ夫婦を殴り続けたときとはまた違う、胸にゆっくりと温かなものが広がっていくような幸福感があった。救えたんだ、と改めて感じる。光輝は何度も手を握ったり、広げたりした。この手で、ようやく人を救えたのだ。

「斗真たち、幸せになれるよね……？」

「ああ、いざとなったら、オレの渡した『幸せになる薬』もあるしな」

さっきのカラフルな錠剤だ。確かに毒親がいなくなったからといって、長年刻まれたトラウマは簡単には消えはしない。そういうとき、あの薬はきっと斗真たちの慰めになるのだろう。光輝にとっての頭痛薬のように。

「アレはクズどもの苦痛から作るんだ。つまり、クズを苦しめれば苦しめるほど、斗真たちみたいなヤツが幸せになるんだよ」

「あ、だから……」

「斗真たちの親には薬を作る『工場』で働いてもらってる。そこは影路の能力で遮断されてるからな。二度と外には出られないさ。斗真にとっちゃ死んだも同じだ」

毒親たちの処遇を聞いて、光輝はほっとした。

「そっか……じゃあ、あいつらもやっと人の役に立てるんだね」

つられたように光輝の口からもそんな言葉がこぼれていた。暁闇が満足そうににやりと笑う。

「ああ、そうだ。よーくわかってるじゃねえか、光輝」

そして、暁闇は光輝の肩に手を回して、抱き寄せた。

「お前はオレの相棒だ。また一緒にクズ親を痛めつけようぜ」

物騒な誘い。でも、今の光輝にとって、それは何より魅力的な誘いだった。

「うん。……やろう、一緒に」

暁闇に笑いかける。彼の紅《あか》い瞳に映る自分がとても誇らしかった。


翌日から光輝の学生生活は一変した。

「おはよう」

まず、何より目覚めがいい。頭痛薬を飲まなくなったせいか、ずっとあった胃の重さもなくなった。

「お、コウ、今日も元気じゃん」

「つつか、最近、よく食うな。それ、朝メシ？」

「うん、なんか最近、すごくおなかがすくようになってさー」

朝、家に置いてあったパンだけでは足りず、コンビニで買ってきたカツサンドやチョココロネを机の上に広げていると、友達が集まってきた。

「前は朝、死んだ魚みたいな目してたのにな。低血圧、治ったたん？」

「そうかも」

カツサンドをぱくつきながら、友達に相づちを打つ。

「でも、よく小遣い続くな。それ、昼飯とは別なんだろ？」

「あー、うちの親、弁当とか作るのはめんどくさがるけど、ごはん代は多めにくれるんだよね」

「うわ、何それ、羨ましい」

「だろー？」

友達への返答も無理に相手に合わせなくなった。もっとも、それで何か友達の反応が変わるわけでもなくて、むしろ今まで気を遣っていたのはいったいなんだったんだ、と光輝は少し拍子抜けしていた。

「てか、コウ、最近めっちゃ調子いいじゃん。なんかあったん？　あやしいクスリにでも手ぇ出したとか？」

だが、そんな冗談にはあやうくパンを喉に詰めそうになった。咳《せ》き込んで、コーヒー牛乳を手にし、流しこむ。さすがにそこは真実を話すわけにはいかない。

「えほっ、えほっ……んなワケないじゃん。まあ……ちょっと筋トレ始めたり？」

「はあ？　筋トレー？　それで勉強までできるようになるかー？」

「昨日の小テストも百点だったじゃん。隠れて塾とか行ってんじゃねえの？」

「行ってない、行ってない。マジで筋トレなんだって。筋トレ始めたら、早起きできるようになったから、ちょっと予習とかはしたけど」

「なんだよ、それ！　天才かよー！」

確かにここ最近、体の調子だけじゃなくて、勉強のほうもできるようになっていた。暁闇のドラッグを飲む前よりもずっと、頭が冴《さ》えて、あらゆることがすんなりと理解できるようになったのだ。

(あの薬は、本当の力を引き出してくれるんだ……)

自分の隠れた力がどんどん引き出されていくのがわかる。あれは魔法の薬だ。光輝を本当の自分へと目覚めさせてくれた。とはいえ、それは誰にも内緒だ。

「まあまあ、みんなもやってみなよ、筋トレ。筋トレは全てを解決するよ」

「うーん……俺も筋トレ教に入信するか？」

「あははっ、お前じゃ無理だって。三日坊主になるのがオチだろ」

「なんだとー？」

そのまま、話はおすすめの筋トレ動画に移行し、ゲーム実況動画の話になり……と、たわいない雑談はチャイムが鳴るまで続いた。平穏な日常を生きている友達を見ていると、自分はもう『違う』のだと強く感じる。

(もう、僕は今までの僕じゃない)

あれからも二度ほど、暁闇や影路たちと共に光輝は毒親を処刑した。いずれも子どもを玩具か道具としか思っていない吐き気のするようなクズで、光輝は思う存分、正義の拳《こぶし》を振るうことができた。

(今日は依頼人来るかな……)

授業を聞き流しながら、光輝はぼんやり考えた。

依頼人が来るときは、暁闇からメッセージが来る。ここ一週間ほどは依頼がなかったから、そろそろ来てもおかしくはない。

光輝はそわそわとスマホを気にしたが、とくに新しいメッセージは入ってこなかった。先生に見つかりそうになって、慌てて姿勢を正す。

(世の中にはクズが多すぎるんだよ……！)

光輝の瞳が物騒に輝く。その瞳は、少しずつ赤みがかってきていた。

放課後、光輝は担任に資料運びの手伝いを頼まれて、少し居残りしていた。いくつものファイルや本を社会科資料室に運びこみ、鞄《かばん》を取りに教室へと戻る途中、裏庭に美優《みゆ》の姿が見えた。

(やっぱり、かわいいよな)

花壇に水をやる美優の姿は、そこだけが輝いているかのように見えた。つややかな黒髪に天使の輪ができている。光輝は思わず見とれてしまった。

(あれ、でも、ちょっと顔色悪い……？)

そう思うと同時に美優の体がぐらりと揺れた。倒れることこそなかったものの、その場でしゃがみこんでしまう。地面に落ちたじょうろから水がこぼれた。

「天使《あまつか》さんっ……！」

思わず光輝は階段を駆け下り、裏庭へと飛び出た。美優に駆け寄り、話しかける。

「大丈夫？　どうしたの？」

「あ……ちょっと、立ちくらみ……」

美優の顔色は真っ青だった。軽く手が震えている。

「保健室に行ったほうがいいよ。立てる？」

「う、うん……」

美優に手を差し出す。美優がおずおずとつかまってきたが、その手はまるで氷のように冷え切っていた。そのまま立ち上がろうとする美優だったが、足に力が入らないのか、ずるずると崩れ落ちてしまう。

(ダメだ、放っておけない)

「ごめん、天使さん！」

「きゃっ！」

光輝は美優をお姫様抱っこで抱え上げると、保健室へと駆け出した。


放課後の保健室は無人だった。

養護教諭はどうやら職員会議に出ているらしい。用があるなら内線で呼ぶように、と張り紙がしてあった。

美優をベッドに寝かせ、内線電話を手に取ると、美優に止められた。

「待って……少し休めば、元気になるから……先生には言わないで」

「でも……」

「お願い」

そう言う美優の声には、どこか必死さが漂っていて、光輝は受話器を下ろした。おおげさにしたくない気持ちはわかる。

「あの……代わりにってわけじゃないんだけど……鞄、教室に置いてあるから、取ってきてもらえないかな？」

「わかった」

光輝は急いで教室に戻ると、美優と自分の鞄を持って、保健室へと戻った。美優の鞄は自分のものよりずっと重く、参考書が詰まっているようだった。

「取ってきたよ」

「ありがとう……鞄、ここに置いてくれる？」

「うん」

ベッドサイドの丸椅子に美優の鞄を置く。美優が中から水筒と何かの薬を取り出して、飲み下した。

（あれ、カフェインの錠剤に見えたけど……いや、でも、体調が悪いときに飲むわけ

ないし、気のせいだよな)

美優は水筒を両手で持って、もう何口か中身を飲むと、ようやくほうっと息を吐いた。顔色はまだ青白いが、少しマシになったように見えた。

「ありがとう……ちょっと落ち着いた」

「なら、良かった。でも、大丈夫？　いきなり倒れたからびっくりしたよ」

「心配かけてごめんね。昨日、ちょっと遅くまで勉強してたから、寝不足で貧血になっちゃったみたい」

「そっか」

美優がじっと光輝の顔を見つめる。黒目がちの大きな瞳を向けられて、光輝はどぎまぎした。口の中がカラカラになって、何を言えばいいのか、一気にわからなくなる。

「え、えっと……」

「コウくん、力持ちなんだね。いきなり抱き上げられたから、びっくりしちゃった」

「へっ、えっ、あー……さ、最近、鍛えてるから！」

幼稚園の頃の呼び名で呼ばれて、心臓が跳ね上がる。美優がくすくすと笑った。

「ああ、筋トレしてるんだっけ？」

「き、聞いてたの⁉」

「うん、だって、近くの席だし」

美優が自分たちの話を聞いてくれていた。そんな些細《ささい》なことが嬉しかった。モブじゃなくて、彼女の視界にちゃんと入っていた。それもこれも、きっとあのドラッグを飲み始めたからだ。あれがなければ、彼女を抱えて保健室に行くなんて、絶対にできなかった。

「……コウくん、頑張ってるんだね」

「そんな……天使さんほどじゃないよ」

「あはは｜、私、別に頑張ってないよ？」

「頑張ってるよ。昨日だって、遅くまで勉強してたんでしょ？」

光輝から見れば、いつも美優は頑張っている。部活にこそ入っていないものの、委員会活動も真面目《まじめ》にこなし、放課後はほぼ毎日塾に通っているのを知っている。

美優が視線を落とす。

「そっかな……」

「そうだよ！　絶対、頑張ってるって！」

光輝が断言すると、美優は困ったように笑った。

「あはは、ありがとう」

そして、美優はベッドから降りた。

「さてと、そろそろ行かなくちゃ」

「えっ、でも……まだ顔色悪いけど……」

「だいぶマシになったし、ちゃんと歩けるから大丈夫だよ」

「じゃ、じゃあ、家まで送るよ！」

光輝の口からそんな言葉が飛び出た。体調の悪そうな女の子を放っておくなんて、ヒーローのすることじゃない。

「えっと……でも、私、塾に行かなくちゃ……」

「休むわけにいかないの？　家に帰って、ちゃんと寝たほうがいいと思うけど……」

「今日はどうしても休めないの。昨日やった課題も提出しないとだし」

美優の顔は頑《かたく》なで、どうあっても家に帰りそうにはなかった。

「わかった。じゃあ、せめて塾までは送らせてよ。荷物かなり重いでしょ？　それくらいは持たせてよ」

「いいの……？」

「うん。……ほ、ほら、お、幼なじみのよしみってことで！」

噛みながら光輝がそう言うと、美優が吹き出した。

「あははっ、そうだね。私たち、幼なじみだよね。じゃあ、甘えちゃおっかな。よろしくお願いします」

美優が水筒を鞄にしまい、光輝に手渡す。ずしりと肩にかかるその重さは、幸せな重さだった。

繁華街を通り抜け、駅前にある塾へと向かう。

夕暮れの近い街は梅雨《つゆ》が近づいてきているせいか、やや湿度が高かった。それでも吹く風は涼しく、美優が気持ちよさそうに目を細める。

「すごくひさしぶり。コウくんと一緒に帰るなんて」

「えっ、あっ、そ、そうだね」

「ほら、小学校のときは通学班が一緒だったじゃない？」

「ああ……うん」

言われてみればそうだった気がする。でも、残念なことにその頃のことを思い出そうとしても、記憶はおぼろげだった。

「もしかして、覚えてない？」

「い、いや！　そんなことないよ！」

「えー？　ほんとー？」

必死に記憶をたぐって思い出そうとする。美優とよく帰っていたはずの、小学生のときの記憶。たんぽぽの綿毛。よく吠《ほ》える犬。ブランコのある公園。……公園？

「よく公園で、寄り道してた……？」

「そうそう！　なんだ、ちゃんと覚えてくれてたんだ」

あの公園は光輝と美優の家に帰る道としては遠回りだった。でも、家に帰りたくなくて、同じように足取りの重そうな美優とよく寄り道をしていた覚えがある。

（あれ？　なんで、家に帰りたくなかったんだっけ……？）

思い出せない。なんだか、もやもやする。

「あの頃、たんぽぽの綿毛をよく飛ばしたよね。綿毛に掴まって、空を飛びたいなんて話して……あはは、子どもだったなあ」

言われれば、記憶がフラッシュバックした。

思わず空を見上げる。

あのときも、こんなふうに抜けるようなきれいな青空だった。青空に舞っていくたんぽぽの綿毛が自由で、羨ましくて、家になんか帰らずに綿毛に掴まって、どこかへ行ってしまいたいと願っていた。

でも、それがどうしてなのかは、なぜか思い出せない。

（たいした理由じゃないんだろうけど……）

「コウくん？」

「あ、ごめん。ちょっとぼーっとしてた」

「大丈夫？　もう私、自分の鞄持てるよ」

「いいよいいよ、塾まではちゃんと荷物持ちするから」

「そう？　……ありがとう」

美優は光輝を見上げると、どこか寂しそうにふっと笑った。

「でも、コウくんは変わったよね」

「え？　そう？　最近の話？」

「ううん、小学生のときから……かな」

「そりゃ変わると思うけど……」

美優が何を言いたいのかわからなくて、もどかしくなった。近づいた、と思った美優との間に何か薄い膜があるような、そんな感じがする。

「コウくんは……今もお父さんとお母さんのこと、好き？」

「えっ？　別に、好きでも嫌いでもないけど……」

唐突な質問にしどろもどろに答えた。なぜか、妙に早口になってしまう。

「っていうか、うちの親、どっちも放任主義だからさ。最近はあんまり話したりもしてないっていうか……まあ、生活の面倒は見てくれてるし、おこづかいとかもちゃんとくれてるし、悪い親ではないと思う……かなあ」

「……そう」

美優が光輝から目をそらしてうつむく。その横顔に差した陰りが気になった。

「何か、悩み事でもあるの？」

もしかしたら美優が親のことで悩みを抱えているのではと思い、光輝は勇気を出して、尋ねてみた。美優の親が度を超した毒親なのならば、力になれるかもしれない。

でも、美優は唇だけで笑って、首を横に振った。

「ううん、なんでもない。大丈夫だよ」

「でも……」

「大丈夫だから」

美優が強引に光輝から美優の鞄を取った。

「もう、塾そこだから。送ってくれて、ありがとう。……また、明日ね」

そう言うと、美優は身を翻《ひるがえ》して、ビルへと入っていってしまった。残された光輝は、しばらくそこで立ち尽くしていた。


翌朝、光輝が登校するとすでに美優は席に着いていた。

「おはよう」

「おはよう……薬師寺くん」

声をかけると、教科書に目を落としていた美優は顔を上げて、挨拶《あいさつ》し返してくれた。

でも、呼び方が苗字へと戻っていて、そこが少しひっかかった。

「あの……昨日、大丈夫だった？」

「大丈夫だったよ」

答えてくれるものの、声が硬くそっけない。昨日、塾に着くまでは距離が縮まったような気がしていたのに、今の美優はずいぶんとよそよそしかった。

「あの……」

それでも、昨日、美優が見せた陰りと唐突に聞かれた質問がトゲのように胸に刺さっていて、光輝は美優に話しかけた。美優が困ったように眉をひそめる。

「ごめん、予習したいから……」

「あ、ごめん……」

そう言われてしまうと、それ以上、光輝としては踏みこめなかった。すごすごと自分の席に戻るしかない。

「やーい、コウ、ふられてやんのー」

「そんなんじゃないって！」

友人たちのからかいが、うっとうしくてしかたなかった。

放課後になると、美優はまた花壇の水やりへと向かっていった。

友達のからかいから逃げ出し、光輝も美優の後を追う。人気《ひとけ》のない裏庭で二人きりになったところで、光輝は美優に声をかけた。

「あのさ……昨日の話なんだけど……」

「何？　とくに話すことなんてないと思うけど……」

美優は迷惑そうにすら見える様子で、じょうろに水を入れている。折れて引き下がりそうになる光輝だったが、ぐっと堪《こら》えた。ここで諦めたら、今までと同じだ。

「あのっ！　悩みがあるなら、話してほしいんだ！」

距離を一歩詰め、美優の顔をまっすぐに見つめる。

「僕っ……ほらっ、そのっ……お、幼なじみだしっ、何か力になれることがあるなら、助けてあげたいんだっ！」

一気に言い切ると、心臓がばくばくしていた。

「ダメ……かな……？」

美優の顔を窺《うかが》うと、美優は泣きそうな顔で笑っていた。

「ごめんね、気持ちは嬉しいけど……今は頼れないよ」

「どうして？　昔よりは頼れるようになったと思うんだけど……」

「変わっちゃったからかな」

「え？」

美優がじょうろを地面に置いて、光輝と距離をとる。

「今の君には何も言いたくない。……ごめんね、薬師寺くん」

美優がぱっと光輝に背を向けて走り出す。とっさに伸ばした腕がむなしく空を切った。追いかけようかとも思ったが、背中から拒絶を感じてしまって、二、三歩進んだところで足が止まってしまった。

「なんでだよ……」

ぎゅっと拳を握りしめる。

「なんでなんだよっ……！」

せっかくヒーローになったのに。好きな女の子が悩んでいたら、助けられる男になれると思ったのに。

「まだ、足りないのか……？」

彼女を助けてあげられる人間には、きっとまだまだ力が足りないのだ。光輝はポケットからピルケースを取り出すと、赤い錠剤を一気に噛み砕いた。

血なまぐさい味が脳天まで突き抜ける。

「なってやる……！　絶対、ヒーローになってやる……！」

光輝の顔を道化を象徴するフルフェイスマスクが覆う。もう暁闇からもらったマスクは必要なかった。自分の意志でマスクを装着できるようになれたのだと自覚し、ますますヒーローになりたいという思いが強くなる。

本物の異能力者になれたのだから、美優を救えるヒーローになりたい。

そのまま光輝は背徳溢れる街へと駆け出した。


「ハーレクィン！」

カフェに駆け込むと影路が驚いた顔をした。

「お前……」

無視して、カウンタースツールに座り、ハーレクィンを待つ。すぐに手品のように光輝の隣のスツールに暁闇が現れた。

「よう、光輝ぃ。どうした？　そんな顔して」

「依頼人は来てない⁉　僕、もっともっと強くなりたいんだ！」

暁闇に詰め寄ると、彼は嬉しげに笑った。

「そうか！　強くなりたいか！　もっと力を求めるか！」

暁闇が光輝の手をぎゅっと握る。

「いいぜ。だったら、パトロールに行くか。ひさしぶりのゲリラ懲罰ライブだ！」

ゲリラ懲罰ライブ。

それはハーレクィンが夜の街を徘徊《はいかい》し、虐待の気配を感知するやいなや、その家に押しこんで、毒親をその場で血祭りに上げる人気の動画シリーズだ。

普段の依頼人よりも幼い子どもが犠牲になっている家庭が多いこのシリーズは、光輝にとってても好きな動画だった。それに参加できると思うと、ワクワクする。

「影路ィ！　ゲリラ行くぞ！　ついてこい！」

「今からか？　ならメンバーに呼びかけを……」

「オレたちだけでいいだろォ！　それとも、不服か？」

「そんなわけないだろ！　お前と一緒なら、俺はなんだってできる。すぐに店を閉める。少しだけ待っててくれ」

「おう！　とっととしねえと置いていくからな！」

影路が急いで閉店と撮影の準備を始める。暁闇が光輝に向かって、にやりと笑った。牙のような歯が薄暗い店内できらりと光る。

「行こうぜ、光輝。毒親どもが許せねぇんだろ？」

「うん、許せない」

「なら、やろうぜ。痛めつけろ。ヤツらに、天罰をくれてやろうぜ」

光輝の体中がかっかっと熱を持っていた。今にも体から火が出そうだ。ドラッグが全身の血液を巡り、燃えているようだった。

「いいぜ、光輝。その怒りを飼い慣らせ。お前ならなれるさ」

暁闇が光輝の背中を押す。

「誰よりも強い……ヒーローに」

光輝は夜の闇へと飛び出した。


そこからは、ひどく楽しい日々だった。

三日と空けずに光輝は暁闇と夜の街を徘徊し、目についた毒親を痛めつけて回った。後始末は全て影路がやっているせいか、事件にはなっていない。

(そうだよな……あんなゴミみたいなヤツら、消えても問題ないもんな)

毒親を殴れば殴っただけ、自分が強くなったような気がした。血にまみれた拳のまま、カフェ『ハーレクイン』で飲むノンアルコールカクテルはおいしくて。

「暁闇、これでまた一人、助けられたよね」

「ああ、そうだな。あいつはもうクソにまみれて寝なくてもすむ。風呂に入って、きれいな布団で寝られるようになるさ」

「うん……ああ、良かったなあ」

甘い飲み物はアルコールが入っていないはずなのに、飲むとふわふわして気持ち良くなる。とろんと襲ってきた眠気に任せて、光輝は目を閉じた。

「暁闇……僕、強くなれてるかな……」

「ああ、強くなったよ、お前は。本当に……」

暁闇の大きな熱い手が光輝の肩に回される。最初はなれなれしいと思ったその体温は、今ではすっかりなじみのものになっていた。

心地よい、とさえ思う。

「僕さ……美優を助けたいんだ……美優に頼られるくらい、強くなりたいんだ……」

どんどん眠気が強くなり、夢と現《うつつ》が曖昧《あいまい》になっていく。以前見た美優の陰りのある横顔に被《かぶ》って、泣いている幼い頃の美優がフラッシュバックした。

「だって、泣いてたんだ……あの子、いつも、泣いて……だから……」

どうして泣いていたのか、思い出せない。でも、あの頃の光輝は美優の涙を止めたかった。だから力がほしかった。どうして忘れてしまっていたんだろう。

「僕……僕、は……」

「安心しろ。お前はいつか全てを手に入れる。それまで、オレが手伝ってやるよ。オレはいつだってお前の味方だからな」

「うん、ありがとう……」

意識が少しずつ遠のいていく。この時間が光輝は好きになっていた。暁闇に肩を抱かれて、眠りに落ちる、この瞬間が。

「オレはお前が笑ってくれれば、それでいいんだ、光輝」

そんな暁闇の優しい囁《ささや》きを聴きながら。

第四章 Chapter 4

零雨の苦悩

第四章　零雨の苦悩

ALTER EGO　RONDO OF LIGHT AND DARKNESS

　しとしとと、やけに冷たい雨が朝から降る日だった。

　日中は学校へ行き、夜は暁闇《あきやみ》と過ごす。そんな毎日が当たり前となり、光輝《こうき》はその日も授業を終えると、カフェ『ハーレクイン』へ向かっていた。

　雨雲のせいでいつもよりさらに暗く感じる、人気《ひとけ》のない路地裏を歩いていくと、ビルの陰に一人の少女が傘も差さずに座りこんでいた。近隣の女子校の制服を着ている。

　こんなところに来るようなタイプには見えなかった。

「大丈夫……？」

「………？」

　傘を差しかけると、少女は死んだ魚のような目で光輝を見上げた。よく見れば、少女の着ている制服は乱れ、はだけたブラウスから覗《のぞ》く首にはくっきりと指の痕があった。半袖からのびる腕や、スカートからわずかに見えるふとももにも、生々しさのある鬱血《うっけつ》が見られる。

「ナンパ……？」

「違うけど……」

「別にいーよ、好きにして。私、もうどうなってもいいんだもん……」

少女はずいぶん投げやりな様子だった。昏《くら》く、光を失った瞳は光輝を見ているようで見ていない。涙とも雨粒ともつかない雫《しずく》が頬を伝った。

「何があったのか、聞いてもいい？」

そう言うと少女は少し不思議そうに首をかしげた。

「いいけどさぁ……つまんない話だよー？」

「いいからさ。もしかしたら、助けになれるかもしれない」

光輝は濡《ぬ》れるのも気にせずしゃがみこんで、少女と目線を合わせた。

「だって、僕、ヒーローだから」

「あっはは、何それ。おっかしー……」

少女が涙に濡れた頬のまま、吹き出す。しばらく笑っていたが、ふっと真顔になると光輝に目を向けた。

「ヒーローだったら、私のお父さんを殺してよ」

「え……？」

少女がかっと目を見開いた。

「あいつ、私を売ったの。知ってる？　処女って高く売れるんだって。とくに私の学校の子はさ。そのために、私をこの学校に入れたんだって。お金かけてきたんだって。

ううん、お金はどうでも良かったのかな。だって、あいつ、お金だけはいっぱいいっぱい持ってるんだもん」

少女の瞳がらんらんと輝き、狂気じみた光を帯びてくる。

「気持ち悪い……気持ち悪い……。あいつ、私が知らないおじさんに押し倒されるのをずっとカメラで撮ってた。ううん、それだけじゃないの。あいつも……あいつも、一緒になって……！　うわああああああああ！」

堪《こら》えきれなくなったのか、少女の目から一気に涙が溢《あふ》れ出た。びしょ濡れの髪を振り乱して、自分の腕をかきむしる。

「いいよ、もういいよ……わかったから……」

傷ついたばかりの少女に下手《へた》に触れることができなくて、光輝は傘を彼女に差しかけながら、優しく声をかけた。

「ママ……なんで、私を置いて、出ていっちゃったの……なんで、私を連れていってくれなかったの……このままじゃ、私、また……！　ううう……！」

しゃくりあげる少女に光輝はポケットからハンカチを出して、差し出した。そして、いつもハーレクィンがしているように、笑ってみせる。

「大丈夫。僕が君のお父さんを消してあげる」

「え……？」

光輝はきょとんとする少女の手を取ると立ち上がった。少女も光輝に手を引かれるままに立ち上がる。

「行こう、君が幸せになれる場所に」

少女の冷たい手を握って、光輝は歩き出した。

「カフェ『ハーレクィン』に」


「くそっ、勝手な真似《まね》を……」

光輝が依頼人だ、と少女を連れてカフェ『ハーレクィン』にやってくると、影路《えいじ》は光輝に対してはそう毒づいたものの、びしょ濡れの少女に店のシャワーを使うように言って、着替えまで貸していた。

「まあまあ、いいじゃねぇか。自分から依頼人を連れてくるなんざ、光輝も立派になったもんだ」

いつもの指定席に座った暁闇はからからと笑って、光輝を褒めてくれた。

「お前だって、クズ親は放ってはおけねェだろ？」

「……まあ、それはそうだが」

憮然《ぶぜん》とした顔で影路が答えながら、グラスを磨く。

「光輝が来てから、動画の再生数も伸びてるし、薬の売り上げも増えてる。何か問題があるってのか？」

「………」

「文句があるなら、いつここを出てってもいいんだぜ？　来る者拒まず、去る者追わず。そいつがオレだってわかってんだろ？」

「そんなこと言わないでくれ！」

影路が必死な顔で暁闇に詰め寄った。

「俺はお前がいなければ生きていけない。第一、お前に受けた恩を俺はまだ返しきってないんだ。頼む、俺を見捨てないでくれ……！」

日頃、冷静な影路がここまで取り乱すのを見るのは初めてで、光輝は改めて彼の暁闇への心酔ぶりを感じた。そうまで言われた暁闇のほうは、勝ち誇ったように笑って、影路の額を指先で弾《はじ》く。

「はっ、わかってんなら、光輝にごちゃごちゃ言うんじゃねぇよ」

「……わかった」

「ま、そばにいたけりゃ勝手に好きなだけいりゃあいい。お前は役に立つからな」

「ありがとう」

影路が感極まった表情で暁闇を見つめた。暁闇は彼に呆《あき》れた目を向け、肩をすくめる。そうこうしているうちに、少女がカウンターの奥から戻ってきた。

「あの……あ、ありがとう、ございます……」

　少女がおずおずと頭を下げた。

　Tシャツとスウェットというラフな格好でも、はっきりとわかるスタイルの良さ。まだしっとりとした髪はやわらかく胸元までのびていて、やや垂れ目がちのかわいらしい顔は落ち着いて見ると育ちの良さを感じさせた。どことなく雰囲気が美優に似ているような気がする。

「おう。まあ、ここに座れよ」

　暁闇が、光輝が座っているのとは、反対側の隣のスツールに座るよう、少女に促す。

少女は道化師のハーフマスクを被《かぶ》った暁闇に少し警戒するようなそぶりを見せたが、きゅっと唇を引き締めると、スツールに腰掛けた。

「あの……私……」

「まあ、とりあえず温かいものでも飲めよ。ミルクティー、好きか？」

「好き……だけど……」

「じゃあ、影路。ホットのロイヤルミルクティー」

「わかった」

　影路が優雅な手つきで甘い香りのするミルクティーを淹《い》れ、少女の前へと置いた。

少女はしばらくミルクティーを見つめていたが、やがておそるおそる口にした。

「……おいしい」

「だろ？」

暁闇が屈託ない笑顔を向ける。その人なつこさとミルクティーの温かさに少女の緊張もほぐれてきたようだった。

「じゃ、話せるとこだけでもいいから、お前の親のこと、聞かせてくれよ。大丈夫、オレたちはお前の味方だ。『ハーレクィン』って知ってるか？」

首を横に振る少女に、影路がスマホで動画を見せた。少女の目が大きく見開かれ、動画に釘付《くぎづ》けになっていく。

「オレはハーレクィン。子どもを苦しめる悪い毒親を罰する、地獄の道化師だ。お前が依頼してくれるなら、お前のクズ親、消してやるよ」

「私……私……っ！」

「話してくれるよな、お前のこと」

遠野沙耶《とおのさや》と名乗った少女はぽつりぽつりと父とのことを話し出した。小さい頃は幸せだったこと。母はキャリアウーマン、父は小さい会社の社長。母は仕事に忙しく、たまに遊んでもらった覚えはあるが、父がよく面倒を見てくれたこと。

「お父さん……あいつは、ずっと優しかった。習い事の送り迎えとかも、全部あいつがやってくれてて……でも、今、考えれば、ちょっとおかしいところもあったかもしれない……」

　幼い頃から風呂は必ず父親と入らされていた。そして、性的なことはとことん遠ざけられていた。恋愛描写のある少女漫画は読ませてもらえなかったし、テレビにわずかでもそういった場面が映れば、すぐに消された。男の子と関わるなんてもっての外《ほか》で、連絡網であっても男子からの電話は取り次いでもらえなかった。

「それで、中学からは女子校に入るように言われて……ずっと髪型とか服とか、下着まで、お父さんが買ってきたものを着させられてて、生理のナプキンとかも、お父さんが選んでたの。それって、やっぱり気持ち悪い……よね……？」

「そうだな。おかしい」

　暁闇の相づちに沙耶が安堵《あんど》したような表情になった。

「うん……だよね……友達に話したら、沙耶のお父さんおかしいって言われて。それで、お風呂に一緒に入るのは嫌だって言ったり、下着とかも自分で選びたいって言ったんだけど、沙耶が不良になったって怒られて、お父さんの言うことが聞けないなら、スマホも取り上げるし、学校も行かせないって……」

　毒親だ。

　わかりやすい暴力などではないが、沙耶の父親が沙耶を自分の人形か何かと勘違いして、歪《ゆが》んだ欲望をぶつける対象としようとしているのは明白だった。

「……母親は」

影路が眉間に深い皺《しわ》を刻んで、そう問いかけた。沙耶がさみしげに笑う。

「お母さんは、ほとんど家にいなかったから。私に、興味なかったんじゃないかな。私が高校に入るときに、出ていっちゃって……それで……それで……」

沙耶がうつむき、ぎゅっと拳《こぶし》を握りしめる。

「今日、私の十六歳の誕生日だったの」

その声も、肩も、震えていた。

「お祝いするって、ホテルに連れていかれて。そこで……そこで……っ！」

沙耶は穢《けが》された。

父親の皮を被ったケダモノと、同じ悪癖を持ったゴミクズどもに。今までの彼女の人生はそうしてケダモノどもに食い物にされるためにあったのだと突きつけられ、動画まで撮られて、この先の未来も絶望に満ちたものなのだと宣言されて、沙耶は逃げ出してきたのだ。そして、父を殺すことを望んだ。

「私、悪い子なのかなっ……いっぱいかわいがってもらったのは本当だよ？　でも、今はもう気持ち悪くて、しかたないのっ……！　親なのにっ、親だけどっ……ううん、親だからこそっ……死んでほしいっ……！」

しゃくりあげ、咳《せ》き込み、慟哭《どうこく》する沙耶の姿に光輝の胸が詰まった。

「大丈夫だ。オレがお前の父親を殺してやる」

光輝の心を代弁するように、暁闇がそう言った。

「お前は何も悪くない。悪いのは全部、お前の父親だ。お前の人生を玩具《おもちゃ》にしてきた、最低のクズ野郎だ。ソイツはオレが必ず殺してやる」

「うんっ……うんっ……！」

そして、暁闇がそっと沙耶のティーソーサーにカラフルなラムネ菓子のような錠剤を載せた。沙耶がきょとんと錠剤を見つめる。

「何、これ？」

「気分が楽になる薬だ。別に悪いモノじゃねえ。ちょっとそのお茶に溶かして飲んだら、今の最悪な気分がハッピーになるぜ」

「ハッピーに……」

「今、死にたくてしかたないだろ？」

「うん……」

「でも、お前がクズのせいで死ぬなんてくだらねえ。ソイツは死にたい気分をなくしてくれるんだ。幸せになりたいだろ？」

「うん、なりたい……」

催眠術にかけられたように、沙耶が錠剤をミルクティーに溶かして飲んだ。ふわり、と頬が緩められる。

「わぁ……あまくて、おいしい……」

「特別サービスだ。オレたちが依頼を果たすまでの分はくれてやる。辛くなったら、飲めばいい。クズを殺すまで、生きてろよ？」

「うん、ありがとう」

影路がかわいらしいピルケースに詰めた錠剤を沙耶に渡す。沙耶はそれをお守りのように鞄《かばん》にしまって、立ち上がった。

「じゃあ……私、今日は帰る。……よろしくね、ヒーローさん」

「ああ、任せとけ」

暁闇に合わせて、光輝も頷《うなず》いてみせる。沙耶は来たときとは別人のように明るい顔で、店の外へと出ていった。


襲撃当日、光輝は授業が終わるとすぐにカフェ『ハーレクイン』に向かった。

重い扉を開け、店の中に入ると、すでに他のメンバーは集結していた。安っぽい動物のマスクを手に持った少年たちの中に、斗真《とうま》の姿があった。

「斗真、元気に……」

していたか、と声をかけようとして、光輝はぎょっとして立ち止まった。斗真の目はまるで焦点があっておらず、口の端からはよだれが垂れていた。顔色も紙のように白く、そのくせ白目の部分は血走っていて、尋常な様子ではない。

斗真はふらふらと左右に揺れながら、影路の腕を引っ張っていた。

「影路さぁん、クスリぃ、クスリ、くださいよ。おれ、きのーから、ぜんっぜん、クスリ食ってなくってぇ」

その声も妙に鼻にかかった甘ったるいものになっていて、弟と頑張って生きていくと言っていた、ボロボロではあったが、はきはきとしていた少年の姿とはまるで違っていた。

影路がうっとうしそうに斗真を押しのけ、ポケットからカラフルな錠剤を取り出して、斗真の口に放り込んだ。

「ちっ、先払いで食わせてやる。残りは仕事が終わってからだ」

「はーい」

錠剤を噛《か》み砕き、飲み下すと、斗真の目に光が戻ってきた。ふらふらと揺れていた体もまっすぐになる。光輝はほっとすると同時に、危険なものを感じた。

あんな状態の斗真を襲撃に加わらせていいのか。影路にそれを訴えようと踏み出したが、肩を掴まれて立ち止まった。

「よぉ、待たせたな、光輝」

「暁闇！」

振り返れば、そこに道化師のハーフマスクを付けた暁闇が立っていた。

「どうした？　襲撃前だってのに、シケたツラしてんじゃねぇか」

「あの……あれ……」

斗真に視線を向ける。暁闇もひょいと首を伸ばして、斗真を見た。

「ん？　ああ、新入りか？　アイツがどうかしたのか？」

「その……なんていうか、あれって、中毒なんじゃ……」

「ああ、だろうな」

「つっ！」

あっさりと認められて、光輝は絶句した。しかし、暁闇はまったく悪びれる様子もなく、手のひらで赤い錠剤を弄んでいる。

「でも、じゃあ、どうする？　アイツはな、クスリがなけりゃ、トラウマで弟を殴っちまいそうになるんだとよ。それだけじゃねえ。震えてまともに息もできねえ、メシも食えねえ、眠れもしねえ。クスリなしじゃ、生きていけねえんだよ」

「…………」

「アイツは親のせいでろくに学校にも行けてねえ。そんなヤツにオレはクスリと食っていけるだけの仕事をやってる。アイツがラリりながらも、襲撃とその後始末で手を汚してるから、アイツもアイツの弟も食えてるんだ」

晩闇が優しく光輝に囁《ささや》く。

「オレは、間違ってないだろう？」

「そう……だね……」

言い知れない不安感に襲われながらも、今の光輝には頷くことしかできなかった。

手段はどうあれ、斗真と弟が生きているのは暁闇のおかげだ。

それでも、自分が何か間違った道に踏みこんでしまったような感覚は消えなかった。

「ハーレクィン！」

影路が暁闇に気づいて、大きく声を上げる。少年たちの視線が一気に暁闇へと集まった。歓声が上がる。

「よぉ、お前ら。今日もクズどもを血祭りにあげるぞ」

薄暗がりから、暁闇がライトに照らされた中央へと歩み出る。光輝は反対にライトの届かない店の端へと下がった。

「今日はクズ親だけじゃねえ。同じ穴に棲《す》んでる汚《きたね》ぇムジナどもも一網打尽だ。気合い入れていくぞ！」

ハーレクィンの飛ばす檄《げき》に、少年たちのボルテージが上がっていく。光輝もぐっと気を入れ直した。そうだ。斗真のことも気になるが、今は沙耶の父親を罰することに集中しなくては。彼女が救われない。

（僕は、ヒーローなんだから……！）

沙耶にそう宣言したのは、光輝だ。

だからこそ、今日は絶対に失敗するわけにはいかない。

（やってやる……！　やってやるんだ……！）

光輝はピルケースから赤い錠剤を取り出すと、奥歯で一気に噛み砕いた。


地下室には甘ったるい匂いが充満していた。

匂いの元は、床に大量にぶちまけられたカラフルな錠剤だ。

それを生み出した男たちは四人。縄で縛られたまま、意識を失い、冷凍マグロのように転がっている。

いずれも恰幅《かっぷく》のいい中年の男たちだ。男たちはみな恐怖と苦痛に引きつった顔で気絶していた。彼らは悪夢を見ているかのように、ときおりびくりと痙攣《けいれん》する。

そして、天井からは一人の男がサンドバックのように吊《つ》られていた。

沙耶の父だ。

男の顔は何度も殴られたのか、赤く腫れ上がり、左目はほとんど瞼《まぶた》で隠れている。

顔だけでなく、体のあちこちにも殴打の痕が刻まれていた。

「クズが」

光輝は思い切り首を絞め上げた。

「子どもはお前の玩具じゃないんだ！」

気道をふさぎ、窒息する寸前で解放するのを繰り返す。……沙耶から、そんなふうに弄ばれたと聞いたとおりに。

「お前みたいなヤツが許されるもんか！」

男がひぃひぃとすすり泣く。

暁闇が交代するか、と肩に手をかけてくるのを光輝は払った。首を横に振る。

「待って。僕が……僕にも、できそうな気がするんだ」

手のひらが熱かった。こいつが今、どれだけ苦しんでいても沙耶が楽になるわけじゃない。でも、こいつに償わせる方法が一つだけある。

雨の中、傷ついて泣いていた沙耶の顔が忘れられなかった。

沙耶が美優と重なって見えて、沙耶を助ければ、美優も助けられるような、そんな気がした。

そして、今。

「僕は、ヒーローになるよ」

できるかどうかわからない。

（でも）

暁闇がいつもしているように、男の顔面に手を当てる。

（僕だって、本当のヒーローになりたい）

光輝もこのクズからドラッグを作り出すことができるかもしれない。暁闇にできるのだ。光輝にだって、きっとできる。そうしたら、もっと依存性の少ない、でも楽になれるドラッグを作って、斗真に渡してやるのだ。

（僕は……ヒーローになる！）

「っっ……！」

男が怯《おび》え、目から涙をぼろぼろとこぼしながら、命乞いをするように首を横に振った。しかし、光輝は意に介さず、手のひらに力をこめた。

死神のように魂を吸い取るようにイメージする。

男がびくっと体を震わせ、その顔が苦痛に歪み始めた。

（薬……っ！　お前の苦痛をよこせっ……！）

マスクの奥で光輝の瞳がらんらんと赤く輝き始める。

そして――光輝の手から、ざらざらとカラフルな錠剤が溢れ出てきた。

「できたっ……！」

歓喜の表情を浮かべ、光輝は暁闇に振り返った。

「できたよ、ハーレクィンっ……！」

暁闇が光輝に駆け寄り、抱きしめた。

「ああ、よくやった」

乱暴に髪を撫《な》でられ、耳元で囁かれる。

「お前は、もう立派なヒーローだ」


後日、お礼を言いに来た沙耶に、光輝は自分で作ったドラッグを渡した。

斗真にも、だ。

そのことについて、暁闇は何も言わなかった。まるで、光輝が自分の能力を使いこなせるようになったことを、認めてくれたようだった。

（僕、一人でも立派なヒーローになれるかな……）

授業中、ぼんやりと光輝は指先で錠剤を弄《もてあそ》びながら考えていた。

つまんでいるのは、真っ赤な錠剤だ。

光輝が道化師のマスクを纏《まと》い、異能力を使うヒーローになるための薬。あれから、何度か挑戦してみたが、カラフルな錠剤とは作り方が違うのか、光輝が赤い錠剤を作り出すことはできていなかった。

（やっぱり、暁闇がいないとダメか……）

この薬がなければ、力は発揮できない。そして、この薬は暁闇にしか作れない。だからこそ、光輝は暁闇から離れられなかった。

(でもな……)

脳裏に浮かぶのは、斗真のことだ。いや、斗真だけじゃない。襲撃にくわわる動物マスクの少年たちは全て程度の差こそあれ、暁闇の作るドラッグの中毒者だった。今まで襲撃に夢中で気づかなかった。

彼らがそれぞれの理由でドラッグに頼っているのは事実だ。

それは、以前、頭痛薬を常用していた光輝には良くわかる。

けれど、このまま暁闇の作るドラッグを彼らが使いつづけていれば、いずれ取り返しのつかないことになるような、そんな不安がずっとつきまとっていた。

(もっとも、この薬をやめられない僕が言うことじゃないけど……)

赤い錠剤は光輝の生活に欠かせないものになっていた。

襲撃のときにはもちろん飲むが、それだけではない。

勉強も運動も、一度、薬のおかげでできるようになってしまえば、今度はそのポジションが崩れるのが嫌で、学校に行く前も飲むようになっていた。

何より、これを飲んでいれば、人と話すのが苦痛じゃないのだ。相手の機嫌を窺《うかが》って、空気を読もうという気がしなくなる。ずっと悩まされていた頭痛から解放された快感は手放しがたいものだった。

（やめられない……よな、今さら）

錠剤をピルケースにしまう。

（少なくとも、美優に頼ってもらえるようになるまでは、やめられない）

斜め前に座る美優の横顔を覗き見る。美優は相変わらず真剣な顔で授業を聞いていて、板書《ばんしょ》をノートに書き写していた。

あれから、何度か美優に話しかけてみた。

だけど、彼女はあれ以来、一度も「コウくん」とは呼んでくれていない。

クラスメイトとして挨拶《あいさつ》はしてくれるし、用事があれば会話もする。でも、それだけだ。ときどき顔色の悪い美優が心配で声をかけてはみるものの、大丈夫だとはぐらかされて逃げられてしまう。もどかしかった。

（せめて、何に悩んでるのか、わかればいいのに）

そうすれば、その悩みの元を吹き飛ばす手伝いをするのに。

（暁闇だったら、美優も悩みを打ち明けられるのかな）

店に来る依頼人たちはみんな、暁闇に会うと自分の苦しみを打ち明ける。それはきっと、暁闇ならなんとかしてくれるという安心感があるからだ。

（暁闇はすごいよな、本当に……）

自分の信念を持って、ヒーローをやっている。

(僕もあんなふうに……いや……)

暁闇のように……ハーレクィンのようになりたい。動画を見ただけの頃はそう思っていたし、出会った頃はその暴力性に恐れを抱いたこともあったけれど、一緒に毒親を襲撃しているうちに、どんどん憧れは強くなっていった。共に戦って、依頼人や助けた子どもに感謝されるのが誇らしかった。

(でも……)

やっぱり、斗真のことは気になる。暁闇のやり方が全て間違ってるとは思えない。斗真が救われているのも事実だ。だけど、もしかしたら他にもやりようがあるんじゃないかと、最近の光輝はつい考えてしまう。

(僕は……いったいどうしたいんだろう……)

頭がぐちゃぐちゃになって、わからなくなる。自分も暁闇も完全無欠に正しいヒーローじゃない。それはわかってる。けれど、それでも誰かを救いたい。自分の力で。そう思う気持ちだけは本物だった。

その日も、ずっと静かに雨が降り続いていた。

(今日はどうしようかな……)

授業が終わり、帰り道を歩きながら、光輝は迷っていた。

暁闇からはとくに連絡はない。だから、カフェ『ハーレクィン』に顔を出さなければいけないということはなかった。

もちろん、行けば暁闇は歓迎してくれるだろうし、救いを求めている子どもはいくらだっているのだから、ゲリラ懲罰に行ったってかまわない。

けれど、今日はなんとなく『ハーレクィン』に行く気持ちにはなれなかった。

もしかしたら、斗真に会うかもしれない。そう思うと気が進まない。

光輝が作ったドラッグを渡してから、斗真には会っていない。最初のうちは自分の作ったドラッグの効果が気になって、早く会いたかった。しかし、斗真が店に来ない日が続くうちにだんだん不安になってきた。

もし、自分の渡したドラッグも暁闇のものと変わらなくて、斗真は中毒のままかもしれないという不安が日を追うごとに大きくなってくる。

それに、暁闇に会うのも少し怖かった。

暁闇のことは好きだ。憧れてもいる。

けれど、どんどん暁闇に引きずられて、彼に近づいていっている自分が怖い。暴力にためらいがなくなっている。そして、ついに人の苦痛を薬に変えることもできるようになってしまった。

光輝は完全に異能力者になったのだ。

父親は死んだ、と聞いた沙耶の安堵した顔。それを思い出すと、自分が人間をやめたことは誇らしい。実際には死んだのではなく、どこかの『工場』で薬を生み出す機械のように生かされてるだけだが、沙耶にとっては死んだも同然だ。

しかし、最近、自分が怒りっぽくなっているような気がする。以前だったらスルーしていた些細《ささい》なことに反応するようになった。嫌なことを嫌だと言えるようになった。なぜなら――

（いざとなれば、相手より僕のほうが強いから）

でも、それは危険な考えじゃないか、とも感じる。自分自身が力に溺れ、気分次第で理不尽な暴力を振るう側になってしまったらと考えると怖い。

（いや、僕はそんなふうにはならない）

せっかく手に入れたこの力を間違った形では使わない。この異能力は人を救うためのものだ。でなければ、ヒーローじゃない。

（……今日はまっすぐ帰ろう）

光輝は繁華街を素通りして、家に帰ることにした。

今、暁闇と会えば、またゲリラ懲罰に行くことになるかもしれない。今はそんなふうに衝動的に暴力を振るうことは避けたかった。

（今日は薬も飲まない。たまには飲まない日も作らないと）

宿題をやって、何か適当なゲーム動画でも見て、早めに寝よう。

そう考えながら、帰路を辿《たど》る。繁華街の喧噪《けんそう》がだんだん遠のいていき、ギラギラと人工的な光に彩られた街並みから、緑のある雑多な住宅街へと変化していく。

「あ……」

ぼんやりと歩いていたせいか、気がつけば、以前、美優との話に出ていた公園の前に来ていた。昔より遊具は減っているが、よく遊んでいた象の形をしたドーム状の滑り台は残っていた。その中に入って、外を眺めるのが好きだったと思い出す。

（ちょっと寄っていこうかな）

急いで家に帰ったって、誰かが待っているわけじゃない。部屋でずっと誰かとチャットしている母親におざなりにただいまと声をかけて、自分の部屋にこもるだけなのだ。だったら、童心に返って寄り道してもいい。

「え……？」

そう考えて滑り台の下を覗きこんだ光輝は思いもよらぬ光景に固まった。

「暁闇……!?」

小さなドームの奥で暁闇がうずくまっていた。苦しげに肩で息をしており、マスクをしていない顔は蒼白《そうはく》だった。暁闇は光輝に気づいて顔を上げたが、その紅い瞳にはあきらかにいつもの覇気はなかった。

「よぉ、光輝……どうした、こんなところに来て……ごほっ！」

「それはこっちの台詞《せりふ》だよ！」

光輝は傘を投げ捨て、ドームの中に体を滑りこませると、隣に座って暁闇の背中をさすった。暁闇が小さく何度も咳きこむ。

「ははっ……みっともねぇとこ見せちまったなァ」

「いいから！　大丈夫？　どうしたの？」

「ちょっとな……光輝、薬持ってねぇか？」

「えっ……？」

「赤いほうだ。あるならくれよ」

「わ、わかった！」

光輝はポケットからピルケースを取り出し、赤い錠剤を暁闇に渡した。暁闇が震える手で錠剤を受け取り、口に放りこむ。奥歯で薬を噛み砕く音がして、暁闇の喉がごくりと動いて薬を飲み下す。

「……っはぁ」

「大丈夫……？　まさか、薬の禁断症状……？」

手の震えは止まったとはいえ、暁闇の顔色はまだ悪かった。

「まあな。そんなとこだ。あー、やらかした」

「つっ！」

背中に氷をぶちこまれたように身が冷えた。

暁闇の薬はあくまで異能力の発動スイッチみたいなもので、中毒になったりはしないと思っていた。だが、目の前で不調を起こしている暁闇を見てしまうと、自分が持っている赤い薬がとたんに恐ろしく思えてきた。

「やめるわけには……いかないの……？」

薬を飲まなくなれば、暁闇は異能力を使えなくなるかもしれない。それはハーレクィンというヒーローの終わりだ。けれど、ぐったりと自分の腕に体を預けている暁闇が苦しんで壊れていくのも嫌だった。

「ははっ、無理だな。オレは薬がないと生きられねぇ」

「そんな！」

「そういう能力なんだよ。薬を飲み続けないと、オレは……消える」

「つっ！」

自嘲気味に笑う暁闇の横顔はひどく儚《はかな》げで、光輝は胸を突かれた。何も言えなくなって、ただただ暁闇を支える腕に力がこもってしまう。暁闇が呆れたように光輝の額を指先でつついた。

「バーカ。そんな顔すんな。お前は大丈夫だよ。薬をやめても死にはしねぇ。ただ、力が使えなくなるだけで済む」

「それは……」

自分は禁断症状で死ぬことはない。そう言われて、安堵したことに光輝は嫌悪感を覚えた。

「もちろん、自分だけ安全地帯に立たされている、そんな気持ちになる。

「もちろん、力を使いたきゃ、薬を飲み続ければいい。そのうち、お前もあの薬を作れるようになるさ」

「え……？」

「あれは、オレやお前の怒りが作り出すものだ。お前がお前の怒りを飼い慣らすことができるようになれば、自分で作れるようになる」

暁闇の手が優しく光輝の頬を撫でる。

「そうなりゃ、お前は独り立《ひとりだ》ちできるな」

「暁闇!!」

暁闇が今にも消えてしまいそうな気がして、光輝は彼を強く抱きしめた。いつも強く逞《たくま》しく見えていた体は薬が切れているせいか、軽く弱々しかった。

「そんなこと言わないでよ。僕は……まだ……」

暁闇と一緒にいたかった。

だけど、それを素直に口にすることはできなくて、唇を噛んでうつむく。

「しかたねぇヤツだなあ」

暁闇がぐしゃぐしゃと光輝の髪をかき回す。その大きな手が頭に触れる感触に泣きたくなった。

「大丈夫だ。そう簡単にはくたばらねぇよ。お前がオレを必要としてる限りはな。なんたって、オレはハーレクィン。泣いてる子ども……つまり、お前を笑わせるための道化師だ」

そう言って、暁闇は立ち上がると、するりと象のドームから抜け出た。

「じゃあな、光輝。また会おうぜ」

「あっ、待って……！」

送っていく、と光輝がドームを出るより早く、暁闇は走り出し、雨の中に吸い込まれるようにして消えていった。


夜になって、光輝は家を抜け出した。

どうしても暁闇のことが心配でならなかったのだ。酔っ払いやホスト、風俗の客引き、夜の仕事に赴く女たちでごった返す繁華街を走って抜け、カフェ『ハーレクィン』のある路地裏へ駆けていく。

重い扉を開くと、暁闇の作る甘ったるいドラッグの匂いが鼻を突いた。ノンアルコールカクテルと共にカラフルな錠剤を楽しむ少年少女たちの合間を縫って、奥のカウンターへと向かう。

「……何しに来た」

グラスを磨いていた影路が不機嫌な顔で光輝を睨《にら》んだ。

「暁闇が心配になって……どうしてるかなって……」

「暁闇に何かあったのか⁉」

影路の顔色が変わった。

「えっと……」

「いいから話せ！　何かあったんだろう⁉」

血相を変えて詰め寄られ、光輝は一瞬迷ったものの、公園で暁闇に会ったときのことを話した。暁闇が薬の禁断症状で苦しんでいたことも。影路の眉間の皺がどんどん深いものになっていく。

「暁闇、薬を飲まないと死ぬって……でも、飲み続けるのも体に悪そうで……」

「くそっ！」

影路がカウンターを拳で叩く。

「なんで、お前と暁闇は今さら出会ったんだよ……っ！」

「えっ……？」

「何もわかってないって顔だな。ああ、俺はお前のそういうところが大嫌いだ」

「そんなこと言われても……」

光輝には影路の怒りの理由がわからない。ただ、影路が暁闇を心配し、光輝を憎んでいることだけは確かだった。

「暁闇は他になんて言っていた？」

「えっと……」

「なんでもいい！　暁闇が言ってたこと、全部話せ！」

「僕も赤い錠剤を作れるようになるかもって。そうしたら、独り立ちだなとか言われたけど……」

「ちっ！」

影路が強く舌打ちし、光輝を睨む。

「お前、もう二度とここに来るな」

「そんな」

「お前は……いつか暁闇を殺す」

「え……？　それって、どういう……」

疑問に思うと同時に周囲の空気が揺れた。影路が結界を張ったのだ、と気づいたときにはペティナイフの刃先を眼前に突きつけられていた。

「今すぐ、ここから出ていけ。さもなければ……ここでお前を殺す」

影路の目には本気の殺意が宿っていた。

光輝が無理に居座れば、影路はためらいなく、そのナイフで光輝を刺すだろう。光輝は唾を飲みこむと、後ずさった。

「……わかった。今日は帰る」

結界が解かれ、消えていた店内の喧噪が戻ってきた。後ろ髪を引かれつつも、光輝は『ハーレクィン』を出ていく。

「よぉ、光輝」

店の外に出たところで、聞き慣れた声がした。はっと顔を上げると、建物の陰に暁闇が立っていた。思わず駆け寄る。

「暁闇！　体は大丈夫？」

「ああ、問題ない。薬さえヤってりゃ、オレは無敵だからな」

「…………」

赤い錠剤を見せて笑う暁闇に、つい唇を噛んでしまう。暁闇が光輝をなだめるように、肩に手を回してきた。

「影路の言うことは気にすんな」

「え？」

暁闇は影路との会話を聞いてはいなかったはずだ。それとも、店のどこかにいたのだろうか。それに、影路が言った『いつか光輝が暁闇を殺す』とは、いったいどういうことなのだろうか。疑問符を浮かべる光輝を気にせず、暁闇は話し続ける。

「アイツにお前は殺せねぇよ。そんな度胸はねぇ」

「う、うん……」

「お前は気にせず、来たいときに来ればいい。なんたって……」

暁闇の紅い瞳が優しく光輝を見つめる。

「オレの相棒なんだからな」

「うん……ありがとう」

言いかけた言葉は形になる前に消え去って、光輝はただ胸がいっぱいになった。疑問も不安も残っている。それでも、暁闇が自分を認めてくれていることだけは、純粋に嬉しかった。

「じゃ、オレはちょっと影路と話をしてくる。お前はもう帰れ」

「うん、わかった」

暁闇が光輝から離れて、店に入っていこうとする。

「暁闇！」

光輝はなんとなくその背中を呼び止めた。

「なんだ？」

「ううん、なんでもない。……またね！」

「ああ、またな」

ひらひらと手を振って。暁闇が店内に消えていく。重い扉が閉まるのを見届けてから、光輝は家に帰ることにした。


それから数日は『ハーレクィン』に行かずに過ごした。

薬だけは、いつ暁闇に呼ばれてもいいように飲み続けていた。

つまらない授業をぼんやりと聞き流しながら、暁闇のことを考える。

(暁闇、大丈夫かな)

公園でうずくまって、苦しげに息をしていた暁闇のことを思い出す。暁闇にとって、力を使うことは寿命を削ることなのではないだろうか。

(だったら、僕が……)

暁闇はいずれ光輝もあの薬を作れるようになる、と言っていた。それなら、自分が薬を作り、力を使うことで暁闇の負担を少しでも減らすことはできないだろうか。暁闇が飲む薬も自分が作ればいい。少しでも体に負担の少ない薬を作り出すことができるようになれば、きっと暁闇も楽になる。

（そのためには……もっと強くならないといけないよな）

ぐっ、と拳を握りしめる。と、スマホの着信に気づいた。教師が板書している隙に素早く机の下で確かめる。

『今日、新しい依頼人が来る』

それだけのそっけないメッセージだった。

けれど、光輝の胸は躍った。ひさしぶりの正式な依頼人だ。いったい、どんなクズ親が相手なのかはわからないが、どんな相手でも罰するだけだ。

ここで暁闇の役に立てることを証明すれば、あの影路だって、いい加減に光輝のことを認めてくれるかもしれない。

（頑張ろう）

光輝は気合いを入れて、ピルケースから錠剤を取り出すと噛み砕いた。

ALTER EGO

RONDO OF LIGHT AND DARKNES

第五章

Chapter 5

運命の訣別

第五章　運命の訣別

『ハーレクィン』に着くと、いつものカウンタースツールに通された。

すでに道化師のハーフマスクを着けた暁闇《あきや》が光輝を迎える。

「よぉ」

「ごめん、待たせた？」

「いいや、依頼人はまだ来てねえよ」

スツールに座り、影路《えいじ》が乱暴に投げてよこしたおしぼりで手を拭く。暁闇がどんな話をしたのか知らないが、影路は少なくとも表面上は光輝《こうき》を受け入れ続けてくれる様子だった。

「ああ、そうだ。今日の依頼人はお前の知り合いだ。念のために、マスクつけとけ。制服も着替えたほうがいいな」

「あ、うん……わかった」

誰だろう、と思う。友達はみんな親への愚痴は言うものの、そんな毒親を抱えているようには見えなかった。

とはいえ、あまり知人に正体を知られたくはないため、赤い錠剤を飲み、意識を集中して、異能力を使うときのマスクを纏《まと》う。

もう、マスクの装着もお手のものだ。赤い錠剤を飲めば、スイッチが入って、異能力者としてのマスクがひとりでに現れる。能力を使いこなせていっているようで、なんだか嬉《うれ》しい。

奥の倉庫で暁闇から借りた服を着て戻ると、ちょうどいいタイミングだった。

「お……来たな」

店のドアが開き、一人の少女がおずおずと入ってきた。

つややかなセミロングの黒髪。おっとりした育ちの良さそうな顔。そして、光輝と同じ学校の制服。

美優《みゆ》だ。

思いもよらぬ少女の登場に、光輝は目を見開いた。

「美優……！」

だが、美優はよほど緊張しているのか、光輝の上げた声を無視して、うつむいたまま店の奥までやってきた。暁闇が優しく美優に声をかける。

「よぉ、お前が依頼人だな。ま、ここに座れよ」

「は、はい……」

依頼人の定位置。暁闇の左隣のスツール。そこに美優が座るのを、光輝は複雑な気

持ちで見つめていた。

できれば、自分の隣に座ってほしい。

けれど、それは言い出せずに光輝はマスクの下で唇を噛《か》んだ。

「緊張すんな。とって喰いやしねえ。とりあえず、なんか飲むか？　甘いのと、甘くないの、どっちがいい？」

「あ、甘いので……」

「了解。影路、アイスココア、スペシャルで」

「わかった」

影路が美優の前におしぼりを置いて、アイスココアを作り始める。美優はそわそわと落ち着かなげにおしぼりを弄《いじ》っていたが、目の前に飲み物を置かれると、その顔が少しだけ明るくなった。

生クリームが薔薇《ばら》のように絞られた美しいアイスココアだった。ミントの葉が飾られ、爽やかな香りがする。

「すごい……飲むのがもったいないくらい……」

「飲むために作ったんだから、気にせず飲めって。味もうまいぜ」

「は、はい」

そろそろとクリームを崩さないように美優がストローをココアに差しこんで、唇をつける。一口飲んだところで、その目が驚きに見開かれた。

「チョコミント……？」

「外、暑かったしな。さっぱりするだろ？　それに、好きだろ、チョコミント」

「好き…ですけど、でも、どうして私の好み……」

「オレは道化師だからな。人の好みを読み取る手品くらいはお手のものってことさ」

「え、何それ……」

「なんてな。依頼人のことはいちおう調べることになってるから。そのときに好みがわかったから、来たら出してやろうって用意してたんだよ」

「あ、そ、そうだったんですね……」

美優は困惑していたようだったが、どこか少し嬉しそうだった。その顔に、もやもやした悔しさが光輝の中にわいてくる。

(美優がチョコミント好きなのは、僕だって知ってたのに……)

自分のポジションを暁闇に取られたようで、なんだかおもしろくない。だが、光輝の気持ちは置き去りに暁闇はどんどん美優への距離を詰めていく。

どこの店のチョコミントがおいしいだとか、勉強中に食べると頭がすっきりするだとかと盛り上がる二人を前に、置き去りにされた気分だった。

アイスココアが半分ほどになり、美優の表情がやわらかくほぐれてきたところで、暁闇が真剣な顔になった。

「さて……と。オレはお前の事情をだいたいは知ってる。知っちまった。だが、お前の口からもちゃんと聞きたい。お前のクズ親を……殺す理由を」

美優の顔がさっと青ざめ、こわばる。

暁闇がその手を優しく握った。

「安心しろ。お前の苦痛は必ずオレが晴らしてやる。話せるところだけでもいい。ただ、お前の意志でクズ親を殺したいんだと聞かせてくれ」

暁闇の声はどこまでも優しかった。美優は握られた手を振り払うことなく、しばらく逡巡《しゅんじゅん》するように目を泳がせ、やがて口を開いた。

「私……自由になりたいの」

そこから語られた美優の半生は壮絶なものだった。

美優はずっと両親に『優等生』になるべく育てられてきた。

美優の生活は勉強と習い事だけで埋め尽くされていた。玩具で遊んだことも、テレビを見たことも、家族で遊びに行ったこともない。食事だって栄養一辺倒で、市販のお菓子など食べたこともなく、ジャンクフードなんてもってのほか。最低限の睡眠時間だけが美優の安らぎだった。

「小学校に落ちたときね。私、一度、山に捨てられたんだ」

こんなでき損ないはいらない、と、夜の山に置き去りにされたらしい。街灯もない真っ暗な闇の中、もしかしたら熊に食べられちゃうんじゃないか、とずっと震えていたと美優は語った。怖くて、動くことなんてできなかった、と。

「お父さんとお母さんが迎えに来てくれて、私、泣きながら約束したの。中学は絶対に受かるからって、いい子になるからって。だから、捨てないでって」

でも、中学受験も、高校受験もダメだった。

睡眠時間のほとんどを犠牲にして。少しでも成績が下がったら、吐くほどおなかを殴られて。耐えきれず居眠りしてしまい、溺死寸前まで水に顔を押しこまれたこともあったと言う。

「中学に落ちた日と……高校に落ちた日のことは、あんまり覚えてない。気がついたら、ベッドの上で、体中痛かったな」

美優が遠い目をする。

そういえば、合格発表のあった日の翌日から、美優が数日休んだような覚えがある。

あれは……と思うと、怒りで光輝の胸がムカムカした。

「私の体、見えないところは痣《あざ》だらけなんだよね。お父さん、お医者さんだからかな。ずっと残るような傷がないのだけは幸運なのかも」

そんな幸運、ないほうがマシだと思った。

「健康診断の前とかはさ、殴られなくなるんだ。でも、だからってお仕置きがなくなるわけじゃなくて……」

美優がうつむき、その肩が震える。ぽた、ぽた、とカウンターに涙の雫《しずく》が落ちた。その涙を拭ってやりたいのに、光輝の体は金縛りにあったように固まって、動かない。暁闇が美優の涙を拭うのをただただ見ていた。

「話したくないなら、話さなくていい」

「ううん、話したい。吐き出したい。誰かに、聞いてほしい……！」

「なら、話せ。大丈夫。何を聞いたって、お前の味方だよ」

「うんっ、うんっ……」

美優の頬をさらに涙が伝っていく。

「殴られないときはね……ううん、殴られないときだけじゃないけど……鎖でつながれて、監禁されるの。ごはんも食べさせてもらえなくて、ベッドで寝かせてももらえなくて、お風呂もトイレも監視されて……決まった時間を越えると、ドアをがんがん叩《たた》かれる」

美優が耐えきれなくなったように号泣する。

「真冬にね、お風呂の床の上で正座させられて、寝そうになるたび冷たい水をかけられてると、私、死ぬのかなって思う。でも、お父さんとお母さんは勉強ができないのは、恥ずかしいことなんだから、もっと努力しろって言う」

　髪を振り乱して美優が泣く。

「無理だよ！　もうこれ以上、努力なんてできないよ！　今だってほとんど寝てないの。眠いの、辛《つら》いの！」

　魂からの叫びだった。

　学校の裏庭で見かけたとき、美優が倒れたのは当然のことだったのだ、と光輝は思い出す。どうしてあのとき、自分は美優の苦しみに気づけなかったのか。

（僕は、何をやっているんだ……！）

　ぎりぎりと頭が痛くなるくらい、光輝は奥歯を噛みしめた。美優が暁闇には自分の苦しみを吐露したという嫉妬《しっと》がかすむほど、自分への怒りが強くなる。

「おまけにね、私、大学受験に落ちたら、結婚させられるの。お父さんと同い年のおじさん。今度はその人のところで、立派な奥さんになれるように躾《しつ》けられるんだって。ずーっと！　一生！」

　美優の慟哭《どうこく》は続いている。

「あの人たちが生きてるかぎり、私に自由はないの！　ずっと檻《おり》の中で、拷問みたいな毎日を過ごすだけ……そんなのはイヤ！　だから、だから……！」

　美優が顔を上げた。

その目は怒りと憎悪にらんらんと光っている。

「あの人たちを殺して……！」

言い切ると美優はまたうつむいて、肩をふるわせ始めた。

「安心して。僕が殺すから」

「安心しろ。オレが殺すから」

光輝と暁闇の声が完全に被《かぶ》った。

美優が涙に濡《ぬ》れた頬のまま、顔を上げる。その目はまっすぐに暁闇に向けられていて、光輝の胸にまた嫉妬が蘇《よみがえ》ってきた。

「うん、お願い……」

「オレはハーレクィン、道化師だ。泣いてる子どもの味方。だから、必ずお前が笑えるように、お前の毒親を殺してやるよ」

「ありがとう……」

「それまでは、この薬に頼れ。苦しいのが楽になる。寝られなくても、眠くて辛いのがなくなる。こいつは初回サービスだ」

「あっ……」

暁闇がカラフルな錠剤を手品のように出し、美優の手のひらに載せる。光輝がそれを止める間もなく、美優は錠剤を飲んでしまった。

「ホントだ……頭、はっきりしてきた……」

「残りは辛いときに好きなだけ飲め。足りなくなったら、ここに来たらくれてやる。いつでも来な」

「うん、本当にありがとう……」

錠剤をピルケースにしまう美優を見ていると、止めたい気持ちと止められない気持ちがないまぜになって、光輝は結局、何も言えなかった。

「それじゃ、私、そろそろ塾に行かないと……委員会の仕事で遅れるって言ってあるけど、限度があるから」

「ああ。襲撃の詳しい話はまた連絡する。……気をつけて帰れよ」

「うん！」

美優が来たときより遥《はる》かに軽い足取りで店を出ていく。その背中を見送って、光輝は深く息を吐いた。

「美優……どうして……」

「クラスメイトにゃ話せないことだったってことだろ」

「そう、だけど……」

それでも、何度も聞くチャンスはあったはずなのに、美優が自分に話してくれなかったことが悔しかった。初対面の暁闇があっという間に打ち解けて、美優の悩みを聞き出したことにやはりもやもやしてしまう。

（僕は、やっぱり暁闇みたいにはなれないのかな……）

「そんな顔すんなって。オレには最初からそーゆー話をするってマインドセットで来てるわけだからな」

「うん……」

「それに、これはあの女を助けるチャンスなんだぜ？」

「っっ！」

言われてみればそうだった。

形はどうあれ、美優の悩み苦しみは毒親のせいだったと判明したのだ。ならば、光輝が美優の両親を処刑すれば彼女は救われる。

「安心しな。オレにとっちゃあの女はただの依頼人。それ以上でもそれ以下でもねぇよ」

暁闇が光輝の肩をぽんぽんと叩く。

「でも、お前はあの女が好きなんだろ？」

「う、うん……」

否定することはできなかった。暁闇相手にごまかしても無駄だと思ったし、ここで中途半端に否定して『じゃあ、やっぱりオレがもらうか』なんて暁闇に言われるのも怖かった。

「だったら、あの女を助けて、その後で正体を明かせばいい。そんで、お前のドラッグで虜《とりこ》にしちまえばいいんだよ」

「え、それは……」

「ははっ、ま、お前の好きにすればいいさ」

さすがに美優をドラッグ漬けにするのはためらわれた。でも、暁闇にとっては、そんなことは些細《ささい》なことのようで、光輝から身を離して伸びをしている。

そして、光輝を見るとマスクを消して、にかっと笑った。

「ヒーローになれ、光輝。お前ならできるさ」

その笑顔を見てしまったら、わだかまりが心の奥へ消えていった。

「うん」

頷いて、暁闇と拳《こぶし》を打ち合わせる。

(そうだ。なるんだ。美優を助けられる、ヒーローに……!)

光輝はぐっと強く拳を握りしめた。

美優の両親襲撃まで一週間。

光輝はとくに用もないが、繁華街を歩いていた。最近はここの猥雑《わいざつ》な空気が妙にしっくりくる。学校の方が借り物の生活のような気がしていた。

（『ハーレクィン』に行こうかな……）

用もないのに『ハーレクィン』に行くと、影路に嫌な顔をされるが、暁闇とは話したかった。赤い錠剤も残り少ない。まだ光輝は自分の手で作れるようにはなっていなかった。

（薬だけもらって、すぐに帰ればいいか……）

足を『ハーレクィン』のほうに向ける。

薄暗い路地裏を歩き始めてしばらくしたところで——

「はーれくぃぃぃん!!」

「うわっっ！」

突然、背中から誰かに抱きつかれた。

「ハーレクィン……薬……薬、くれよ……」

おそるおそる振り返ると、斗真《とうま》が光輝にしがみついていた。その目はうつろで焦点が合っておらず、口の端からはよだれが垂れている。光輝とハーレクィンの区別もついていないようだった。

「落ち着いて。僕はハーレクィンじゃない」

「え……？　ハーレクィンだろ？　そんなこと言わないで、薬くれよぉ」

斗真が光輝の肩を掴《つか》んで、がくがくと揺さぶる。元々痩せていた斗真の頬はさらにこけて、もはや骸骨のようだった。

「薬……クスリ……くすりがないと、おれ、おれ……うわあああああああ！」

斗真がうずくまって、頭をかきむしり始める。血が出ても気にせず、爪を頭皮に立て続け、頭を振り乱す。

「やめてやめてやめて、父さん、もうやめて、殴らないで、痛いよ、ごめんなさい、熱い、熱いのは嫌だ、助けて、たすけて、タスケテ……！」

「斗真!!」

光輝は斗真を抱きしめた。

「あ、あ……」

斗真が震える。光輝は斗真の背中を撫《な》でてやった。瞳が赤く輝き始め、錠剤を飲んでいないのに、光輝の顔を道化師のフルフェイスマスクが覆う。そして、手のひらからカラフルな錠剤が溢《あふ》れ出てきた。

「あ……くす、り……」

「落ち着いて。たくさんあるから。全部持っていっていいから」

「うん……うん……」

地面にこぼれた錠剤を必死でかき集め、頬張る斗真の手をとってやり、作り出した薬を全部渡してやる。

斗真はしばらくがくがくと体を揺らしていたが、やがてその動きがゆっくりになり、だんだん落ち着いてきた。瞳にも理性の光が戻ってくる。

「あ……おれ……雄真にごはん買って帰らなきゃ……」

立ち上がると、斗真はポケットからくしゃくしゃになった一万円を出してきた。

「あの、ハーレクィン、とりあえずこれ、薬代……残りはまた持ってくるから……」

「いいよ、お金なんて！」

「そんなわけにいかないって！　ああ、もうこんな時間！　急がないと、半額の弁当売り切れちゃう！」

斗真は強引に光輝にお金を押しつけると、走っていった。

光輝は一万円札を持って、途方に暮れた。

「どうしよう、これ……」

(次に会ったときに返せばいいか……。いや、暁闇から渡してもらったほうがいいのかもしれない。僕のこと、暁闇と思いこんだままだったし……)

今から家に押しかけて返しても、斗真はきっと受け取らないだろう。それなら、暁闇が斗真に給料を払うときに多めに渡してもらうほうがいい。

(なんで……なんで、あんなになっちゃったんだよ……)

今の斗真の状態がまともだとは思えなかった。助けたはずなのに、斗真をより深い闇に突き落としてしまったような気がする。

(薬、やめさせないと……)

けれど、斗真は薬をやめられるのだろうか。やめたところで幸せになれるのだろうか。わからない。どうすれば、彼を助けられるのか、わからない。

「痛《いた》っ」

呆然《ぼうぜん》としながら歩いていた光輝は何かにつまずいた。つまずいたものがかわいらしい悲鳴を上げたので、驚く。

「ふあ……あれぇ、もう、朝ぁ……？」

「沙耶《さや》……」

光輝がつまずいたのは沙耶だった。

沙耶はバーの看板の陰《かげ》で、丸くなって寝転んでいた。

その姿は最初にカフェ『ハーレクィン』に来たときとは様変わりしていた。おとなしそうだった顔は、くっきりとした垂れ目アイラインと涙袋を強調した地雷メイクで彩られ、服もピンクと黒のひらひらしたミニワンピースだ。まくれあがったスカートの裾からふとももと下着が見えて、光輝は目をそらした。

沙耶の方は下着が見えていることに気づいていないのか、あくびをしながら半身を起こし、とろんとした目で光輝を見つめる。

「あっれー？　ハーレクインだぁ〜」

「だから、僕はハーレクインじゃ……」

そう言おうとして、さっき斗真にドラッグを与えるためにフルマスクになったままだったのを思い出した。確かにマスク姿だと、ハーレクインと間違われてもしかたないかもしれない。

「沙耶、こんなところで何してたの？」

「んー、寝てた？」

「寝てた⁉」

こんな治安の悪いところで寝るなんて、一歩間違えれば殺されてもおかしくはない。沙耶の身に何事もなかったのは奇跡だ。

「朝までえーじくんと飲んでてー、んで、なんかー、朝からおぢに呼び出されてー、朝ごはん一緒に食べよう、みたいな？」

「えっと……」

「そんでおぢとホテル行って、朝ごはん食べて、大人してー、そしたらなんかめっちゃ落ちて死にたくなったから、パキってたら、寝ちゃったみたいー」

「おぢ？　ホテル？　大人？　パキる？　何言って……」

「あはは、そっちこそ何言ってんの？　私にお仕事紹介してくれたのは、ハーレクィンとえーじくんじゃん。おぢに体売れば、薬いっぱい買えるし、家にも帰らなくて良くなるよーって」

「なっ……」

嫌悪感がぞわりと背筋を駆け抜けた。これ以上、聞きたくない。なのに、沙耶はまるで夢を見ているような顔で、ふわふわとおぞましい話を続けていく。

「そりゃ最初は嫌だったよ？　あいつと同じおぢに体売るとか……でも、ハーレクィンが言ったんじゃん」

嫌だ。聞きたくない。でも、耳を塞ぐこともできない。

「汚れた自分が嫌だったら、もっと泥をかぶれば気にならなくなるって」

けらけらと空虚な笑いを響かせながら、沙耶が地面に落ちていたカラフルな錠剤を拾って口にする。

「それで私、そっかーって思ったんだよね。それまではさぁ、あいつに触られたとこ全部気持ち悪くて、ずーっと洗い続けて、肌とかボロボロになっちゃってたんだけど、でも、おぢと同じことやって、薬パキったら、なんか楽になったんだぁ」

穏やかで幸せそうな笑みを沙耶は浮かべている。だが、その目だけはずっと虚《うつ》ろでなんの光も映していなくて、光輝は見ていられなかった。

「たまにね、なんか自分がすっごい汚い気がして、川とかに飛びこみたくなるけど……でも、お薬があればだいじょーぶ。それに、いっぱいお薬買うと、えーじくんがすっごいいい子、いい子してくれるしー」

「…………」

「あいつの操り人形みたいに生きてた頃より、私、幸せだよ」

光輝にはとうていそうは思えなかった。

しかし、沙耶を否定しても、沙耶の現状が変わるわけではない。ただ搾り出すようにくだらないことを聞くしかできなかった。

「家に帰りたくないのは、どうして……もうお父さんはいないいんだよね……」

「だって、家にいると思い出すじゃん。あいつのこと」

「っっ！」

すっ、と沙耶が醒《さ》めた顔になった。

「だからさ、あんな家、住みたくないんだよね。寝られないし、気持ち悪いし。私、十八になるまでは頑張ってお金稼いで、そんで十八になったら、どっか部屋貸してくれるとこ探すんだー」

「そっか……うん、頑張って」

「うん、頑張るー」

にこっとかわいらしく笑うと、沙耶はリュックからスマホを取り出した。

「あー、おぢから連絡きてるー。じゃ、私、お仕事してくるから、またね！　えーじくんにもよろしくねー」

ぴょこんと元気よく立ち上がると、沙耶はひらひらと手を振って、大通りのほうへと歩いていった。

その背中を見送り、光輝は力なくうなだれる。

「僕は、何をやってたんだっ……！」

何も見えていなかった。

ただ暁闇のいいところばかりを見て、その下に広がる闇からはずっと目を背けていた。もっと早くわかっていたはずだ。中毒としか思えない様子で、襲撃メンバーにくわわっていた斗真を見たときから。

（暁闇は間違ってる……っ）

毒親を消すまではいい。そこは否定しない。あいつらは生きていてはいけないクズだ。憎むべき悪だ。だけど、そこから救ったはずの斗真や沙耶をドラッグ漬けにするのは間違っている。

「美優……！」

光輝は、はっと顔を上げた。

そうだ、問題は斗真や沙耶だけではない。美優はすでに暁闇のドラッグを口にしてしまった。このままでは美優が斗真や沙耶のように壊されてしまう。

「暁闇っ！」

止めなければ。

その一心で光輝は『ハーレクィン』のドアを乱暴に開いた。通路を早足で通り抜け、カウンターに向かう。

「暁闇は⁉」

カウンターでグラスを磨いていた影路はあからさまに嫌そうな顔をした。そして、奥の扉を指さす。

「うるさい。店内で騒ぐな。奥に行け。……たぶん、会える」

「わかった！」

たぶん、という言葉が気になったが、迷わず光輝は奥の部屋へと入った。扉が閉まると同時に暗かった部屋に灯《あか》りがついた。

「よぉ、どうした、血相変えて」

倉庫のようになっている部屋の中、空き箱に暁闇が腰掛けていた。

「暁闇っ、美優に薬を与えるのはやめて！」

「ほう？」

「美優だけじゃない。斗真にも、沙耶にも……」

光輝はさっき見たばかりの斗真や沙耶の惨状を早口に話した。しかし、暁闇はその話を聞いても、顔色一つ変えなかった。

「そいつは無理な相談だな」

「なんで！」

「アイツら、オレの薬がなかったら、他の薬に手を出すだけだぜ？　それとも、お前はなんの癒《い》やしもなしに、毎日ただ頑張れって言う気か？」

「それは……」

「それに、アイツらがどうなったって別にいいじゃねえか。オレたちはアイツらを毒親から救ってやった。アフターフォローはオレの仕事じゃやねえ」

「でも、だからって……」

「世の中には見ないほうがいい現実ってのがたくさんある。薬で夢見て生きていけるなら、そのほうが幸せな人生があるって、お前もわかってんだろ」

「それは、そうかもしれない、けど……」

暁闇の言うことは間違っていると思うのに、否定しきれない。斗真や沙耶が薬なしに目の前の現実に立ち向かえるとは、とうてい思えなかった。

『ハーレクィン』に飛びこんだときの勢いがしおれていく。

それでも、美優のことだけは言わざるを得なかった。

「でも……美優は……美優には、あんなふうになってほしくない……」

「あんなふう？　ああ、沙耶みたいにってことか。それなら、お前がタダで薬をくれてやればいいだろ。そうすりゃ、あの女はお前の言いなりだ。他の男に触らせたくないなら、それでいいだろ」

「そういうことじゃない！」

暁闇との距離をひどく遠く感じた。わかりあえない。深くて広い溝が光輝と暁闇の間に存在している。

「まあ、落ち着けよ。これを見ろって」

暁闇はそんな距離など感じていないのか、いつものように光輝の肩に手を回して、スマホの画面を見せてきた。

『明日、薬もらいに行くね。もー、アレがないと生きてけない！』

そんな美優からのメッセージに愕然《がくぜん》とする。

学校で見る美優は薬に夢中になっているようには見えなかった。まだ間に合う。そう思いたい。でも、美優はもう――

「人間は寝ないと狂うんだよ。あの女はずーっと拷問を受けてたも同然だ。いや、今も受けてる。その苦痛を麻酔で消してやってるだけだ」

「…………」

「お前はあの女が苦しむ顔が見たいのか？　そうじゃねえだろ？」

頭の中に『ハーレクイン』に来た日の美優の泣き顔が蘇る。全ての苦しみを吐き出して、慟哭《どうこく》していた。華奢《きゃしゃ》な肩が震え、大粒の涙が溢れていた。制服の下の体が痣だらけだと思うと、今すぐにでも美優の親を殺したくなる。

美優に苦しんでほしくない。楽になってほしい。

「安心しろ。悪いようにはしねえよ。お前はただ、あの女の親を殺して、ヒーローになってやればいいんだ。その後は、あの女をお前のモノにしてやる。一緒に幸せになればいい」

暁闇が粘りつく闇のように優しい声で囁《ささや》く。

そうじゃない。そうじゃないと思うのに、その声は光輝の心の柔らかい部分に染《し》みこんで、暁闇の腕を拒めない。

「お前を裏切ることも、傷つけることもないようにすればいい。それがあの女にとっても、一番の幸せだ。なんの苦痛もない人生を歩めるんだから」

「…………」

「襲撃まではしっかりと体を休めておけ。一緒にヒーローになろうぜ」

「…………うん」

言いたいことはもっとあるはずなのに、言葉が形にならず、もやもやしたものだけが光輝の胸の中に溜《た》まっていく。

美優を救いたい。

ただ、その気持ちだけは本当で、そのために美優の両親を襲撃しなければいけないのは確かだった。

「僕、頑張るよ」

何を頑張るのかわからないまま、光輝は『ハーレクィン』を後にした。


結局、何もできないまま、襲撃の前日になった。

美優に会うたびに、ハーレクィンの薬を飲むのをやめろと言おうとして、そのたびに美優の泣き顔が頭をよぎって言えなかった。

学校で見る美優の顔は生き生きとしていて、以前よりずっと顔色も良く見えた。それが暁闇の薬のおかげだと思うと、複雑な気持ちになる。

今も美優は友達と楽しそうに話していた。

「ねえ、今度、私もそのスイーツビュッフェ、行ってもいいかな」

「えっ、天使さんが？　めずらしいー。いいの？　塾あるんじゃない？」

「んー、親がもう塾やめてもいいって。だから、これからはいっぱい遊べるよ。カラオケとか買い物とかも一緒に行こうよ」

「マジ？　やったじゃーん。行こ行こ！」

美優はすでに解放されたかのような明るい笑顔を浮かべていた。そういえば、今まで美優のあんな笑顔を見たことなかったな、と思い、胸が締めつけられる。

(ずっと苦しかったんだもんな……)

あの笑顔を曇らせてはいけない。

そう、強く思った。


襲撃前日。放課後、光輝は思い切って美優に声をかけた。

「天使さんっ、い、一緒に帰らない……？」

「え？　でも、私、塾だし……」

「僕もそっちに用があるから！」

「そう？　なら、別にいいけど……」

美優は怪訝《けげん》そうな顔をしていたが、了承してくれた。友達がはやし立てるのを適当にあしらって、二人で教室を出る。

校門を出て、しばらくしてから美優が口を開いた。

「なんか……ずっとごめんね。助けてくれたのに、冷たくしちゃって」

「えっ、いや、ううん！」

「ちょっとねー、いろいろあって……コウくんが悪いわけじゃないのにね」

そのいろいろあった、ことを知っているとは言い出せなかった。

美優が空を見上げる。

「なんていうか、ヤキモチ？　うん、そんな感じだったんだよね。ごめんね、八つ当たりしちゃって」

「……いいよ、別に。気にしてないから」

美優にヤキモチを妬《や》かれるようなことに心当たりはなかったが、彼女の中ではそれで話が終わっているようだった。

ただ、自分の知らない何かが美優にあったんだな、と思ってさみしくなる。

「ふふ、いい天気」

そんな光輝の気持ちも知らずに笑う美優の横顔は、とても透明で、きれいで、触れたいのに触れられない。暁闇ならきっと迷わずその頬に手を伸ばすだろうに。

薬の力で強くなっても、光輝はどこまでも光輝だった。

(今、ここで、『ハーレクィン』には僕もいたんだって言ったらどうなるだろう)

明日、美優を救うヒーローの中に、自分もいるのだと。

でも、それを口に出すことはできなかった。

怖い。

それを口にしてなお、美優に『頼りない』と言われてしまったら。暁闇だけで十分だと言われてしまったら。心が折れてしまう気がした。

だって、光輝もあの場にいたのに、美優は光輝には見向きもしなかった。フルフェイスのマスクをつけていたとはいえ、まったく気づくそぶりはなかった。ただ暁闇だけに悩みを打ち明け、甘えた。

そして今も、暁闇の薬のおかげで、こんなにも楽しげに笑っている。

（それでも……それでも、僕は……）

美優が日の光に眩しそうに目を細める。そんな仕草さえ、愛《いと》おしい。

（君を守りたいんだ……！）

強く、そう思う。そのためなら、光輝はなんだってする。美優のためなら、この手がどれだけ血にまみれたってかまわない。

「明日ね、いいことがあるんだ」

まるでサンタクロースを楽しみにする子どものように、無邪気な顔で美優が笑う。

その『いいこと』を光輝は知っている。

「いいことって？」

「ふふっ、秘密ー」

ととっと数歩、美優が先を行く。そして、光輝に振り返った。

「でもね、それが終わったら、私、自由になれるから。そうしたら……またあの公園で会ってくれる？　ずっと憧れてたんだ、近くのコンビニでアイス買って、あの公園で食べるの」

「いいよ。でも、僕でいいの？」

「うん。コウくんがいいんだ」

些細な約束。けれど、美優がそんなささやかな楽しみさえずっと制限されていたことを知っているから、光輝は胸が締めつけられた。その相手に自分を選んでくれたことが嬉しい。暁闇への嫉妬が薄れていく。

（襲撃が終わったら、美優に本当のことを打ち明けよう）

それまでは美優の心を悩ませたくない。襲撃が終わってから話せば、美優も自分が頼りになる男になったことを認めてくれるだろう。

そして、暁闇の薬から離していくのだ。

美優が苦しむなら、そのそばにいて、自分がずっと支え続ける。薬なんかで美優の笑顔を歪《ゆが》めたりしない。

（僕は君の笑顔を守るよ）

その決意を胸に、光輝はぐっと拳を握りしめた。

そして、運命の日がやってきた。

カフェ『ハーレクィン』には、すでに影路と安っぽい動物マスクの少年たちが集結していた。斗真の姿もこの中にあるはずだが、すでにマスクをつけているため、誰が誰かわからない。けれど、今日はあからさまに禁断症状を起こしているわけではなさそうなことに、少しほっとした。

きょろきょろと店内を見回すが、暁闇の姿がない。

影路に聞こうにも襲撃の準備で忙しそうで、うかつに声をかけると邪魔をしてしまいそうだった。ひとまず、前にも暁闇がいた店内奥の倉庫に向かう。

「暁闇……いる？」

「おう」

倉庫に入ると、そこに暁闇がいた。

暁闇もすでに道化師のハーフマスクを身につけていて、赤い錠剤を呷《あお》っていた。薄暗がりの中、妖《あや》しく光る紅い瞳が光輝に向けられる。

「光輝、準備はできてるか？」

「うん、ばっちりだよ」

すでに薬も服用しているし、マスクも顕現させている。美優を救いに行くためだと思うと、いつもよりテンションが高く、力もみなぎっている気がした。

「あのさ、暁闇」

「なんだ？」

「襲撃が終わったら、美優のことは僕に任せてほしい。二度と、美優に薬を渡してほしくないんだ」

光輝がそう言うと、暁闇は片眉を上げた。

「その話はもう終わったんじゃねえのか」

「終わってないよ」

暁闇の目をまっすぐに見つめる。ここで引くわけにはいかなかった。

「美優がこの先、苦しむことがあったら、僕が支える。薬には頼らない。僕が、僕の力で美優を助ける」

「そんなこと、できるわけがねえ」

「やってみなきゃわからないだろ」

暁闇が光輝を睨《にら》んだ。

「お前をあの女のサンドバッグにするために、オレは依頼を受けたわけじゃねえ」

「サンドバッグって、そんな……」

「薬を使わねえで支えるってのは、そういうことだ」

暁闇が聞きわけのない子どもを諭《さと》すように、光輝の肩に手を置く。

「あの女のトラウマは根深い。一生続いてもおかしくねえ。フラッシュバックが起きるたびに自傷するかもな。それをずっと支えるってことは、お前がその分、傷つくってことだ。あの女の八つ当たり係になるってことなんだよ」

「僕はそれでも構わない」

「オレが良くねえんだよ！」

だんっと壁に押しつけられた。

「なあ、考え直せ。お前が楽な方法を選択しろ。いいじゃねえか、薬漬けにしちまえば。そうすれば、あの女はずっとお前のそばで笑ってる。何が不満だ？」

「だって、そんなの美優の本当の笑顔じゃない」

「本当なんてくそくらえだ！」

こんなに必死な暁闇を見るのは初めてだった。

「やめろ、光輝。わざわざ茨《いばら》の道を選ぶな。オレがお前に一番楽な道を用意してやる。だから、バカなことを言うんじゃない」

光輝は暁闇の手を振り払った。

「嫌だ！　僕は美優を守る！」

暁闇を睨みつけると、暁闇はひどく傷ついた顔をした。そんな顔をする暁闇を見るのも初めてで、一瞬、怯《ひる》んでしまう。

「そうか……わかった。わかったよ」

「ありがとう、暁闇。……うっ！」

わかってくれた、そう思った瞬間、鋭く重い衝撃がみぞおちに走った。

「悪いな、光輝。オレはあの女より、お前が大事なんだよ」

「あき、や……」

ずるずると光輝は崩れ落ちた。意識が遠のく。

最後に見たのは、倉庫を出ていく暁闇の靴だった。


「暁闇！」

光輝が目を覚ますと、そこは地下の懲罰室だった。

むっ、と甘い匂いが鼻をつく。

「そんな……」

目の前には拘束台の上で気を失っている二人の男女の姿があった。美優の両親だと一目でわかった。拘束台の周りにはカラフルな錠剤が散らばっている。

（もう襲撃が終わってる……？）

自分が気を失っている間に、すでに襲撃も懲罰も終わってしまっていることがショックだった。この手で美優を救うチャンスだったのに。

(暁闇、どうして……)

一緒にヒーローになろうと言ってくれたのに、暁闇が光輝を置き去りにして、一人で美優の両親を罰してしまったことが、悲しく、悔しかった。理由が知りたくて、立ち上がろうとして、自分が縄で縛られて拘束されていることに気づく。

「なんで……？」

「お前がバカなことを言うからだ」

降ってきた声の方向に目を向けると、暁闇が立っていた。腕の中にきょとんとした顔の美優を抱いている。

「暁闇！　美優を放せ！」

「そうわめくな。ちゃんと返してやるさ。お前に従順なかわいいお人形さんにしてからな」

「なっ……」

暁闇が手のひらに大量のカラフルな錠剤を溢れさせる。

「いい子だ。お前を幸せな夢の世界に連れてってやる。口を開けろ」

「うん……」

美優が口づけを待つお姫様のように目を閉じて、唇を開ける。暁闇がその口に錠剤

を流し込もうとして――

「やめろぉ！」

光輝は渾身《こんしん》の力を振り絞った。

赤い錠剤が光輝の眼前に現れる。

開いた口に飛び込んできた錠剤を、光輝は一気に噛み砕いた。

血の味とともに、かっ、と視界が赤くなる。

筋肉が盛り上がって、ぶちりと縄がちぎれる。そしてフルフェイスマスクが光輝の顔を覆った。その勢いのまま、光輝は暁闇に体当たりした。暁闇が吹き飛ばされ、美優が床に尻餅をつく。錠剤が床にぶちまけられた。

「な、何……？」

戸惑う美優を背に庇い、光輝は暁闇の前に立ちはだかった。

「美優をお前の好きにさせない！」

そんな光輝に暁闇は眩《まぶ》しいものを見るような目を向けた。嬉しそうな、悲しそうな、寂しそうな、その全てが混ざった目をして、唇をくしゃりと歪《ゆが》ませる。

「ああ……そうか……お前、本当に強くなったんだな……」

ずるずると暁闇は壁にもたれかかって、座りこんだ。

「いいよ、行けよ。……オレはもう用済みだ」

「…………」

「頑張れよ」

その声はどこまでも優しくて、光輝は泣きそうになった。だけど、ぐっと堪《こら》えて、美優の手を引いて歩き出す。

「……行こう」

「う、うん……？」

そのまま美優を連れて、光輝は地下室を出ていった。もう二度と、暁闇とは会えない気がする。それでも、光輝は美優との未来を選んだのだった。


街はすっかり深夜になっていた。

それでも騒がしく明るい繁華街を抜けて、美優の家に向かう。

辿《たど》り着いた美優の家には灯りがまったくついておらず、中にはもう誰もいないことが明白だった。

「あの……ありがとう、コウくん」

気がつけば、フルフェイスマスクは消えていた。

美優がおずおずと光輝を見上げた。

「別に、僕はお礼を言われるようなことなんて……」

「ううん、私を助けてくれたよ」

そう言われても、結局、美優の両親を殺したのは暁闇であって、光輝ではないので、複雑な気持ちだった。薬漬けの未来からは救ったつもりだが、それは今の美優に感謝されるかどうかはわからない。

「でも……今日はいろんなことがありすぎて、ちょっと混乱してるから、もうこのまま休んでもいいかな……？」

「あっ、うん、もちろんだよ！　えっと……一人で大丈夫？」

「うん。もうお父さんもお母さんもいないし。少し、一人になりたいから」

美優を一人にするのは心配だったが、本人にそう言われてしまうと、強引なことはできなかった。美優にも心の整理をする時間は必要だ。そう考えて、光輝は一歩、引くことにした。

「わかった。何かあったら連絡して」

「うん。……また明日、学校でね」

「うん、また明日」

美優が家の中に入っていくのを確認してから、光輝は自分の家へと足を向けた。

また明日。

その言葉が胸で弾んで、嬉しかった。

暁闇と訣別《けつべつ》してしまったことへの寂しさはあるけれど、それ以上に今はすがすがしい気分だった。

(もう、この薬もいらないな)

せっかく作れるようになった赤い錠剤だが、光輝にはもう必要ない。だって、光輝がずっと助けたかった相手は、もう助けられたのだから。

(明日からは、真面目《まじめ》にこつこつやっていこう)

そして、美優を支えていくのだ。

決意も新たに光輝が家の前に辿り着いたとき。

空気が歪んだ。

「えっ？」

影路の結界だ。

と、思ったときには、すでに遅かった。

「やっぱり、お前を生かしてはおけない」

目の前に現れた影路がナイフを振りかざしていた。

(斬られる！)

思わず反射的に目をつぶってしまう。

しかし、痛みはやってこなかった。

「暁闇！」

光輝の目の前に暁闇が立って、影路のナイフを受け止めていた。

「なぜだ、なぜ、お前は……！」

「ぐだぐだうだ、うるせえな。しかたねえだろ。オレは光輝のモノなんだよ」

「違う！　お前は、お前なんだ！　暁闇！」

影路がナイフを握りしめて、叫ぶ。

「お前のために、光輝を殺させろ！」

「させるかよっ！」

影路が光輝を切り裂こうと再びナイフを振りかざす。暁闇がその腕を払い、腹に蹴りを入れた。影路が吹き飛ばされ、ブロック塀に激突する。

しかし、暁闇も膝をついた。

「暁闇!?」

「いいから、逃げろ！　オレにかまうな！」

「で、でも……」

薬切れを起こしたのか、暁闇の顔色は夜闇の中でもはっきりわかるほど蒼白《そうはく》で、たった一撃くれてやっただけなのに、肩で息をしていた。

「そうだ。薬、薬……」

せめて薬があれば、と赤い錠剤を探すが見つからない。作ろうとしても出てこない。気ばかりが焦《あせ》る。

影路がゆらりと立ち上がった。地面に落ちたナイフを拾い上げ、狂気に満ちた目でぎろりと光輝を睨む。

「あ、あ……」

せめて暁闇を守らなくては。そう思い、暁闇の前に出ようとした光輝の腕を暁闇が掴んだ。

「やめろ。それはオレの役目だ」

「今はそんな……」

「いいんだよ！」

ぶんっとすさまじい力で背後へと放り投げられる。

ばりんっと何かを突き破るような衝撃が背中に走り、光輝の意識は飛ばされた。

ALTER EGO
RONDO OF LIGHT AND DARKNESS

第六章 Chapter 6

夜闇の終焉

ALTER EGO RONDO OF LIGHT AND DARKNESS

第六章　夜闇の終焉

「痛《いた》た……」

背中をさすりながら、光輝《こうき》は身を起こした。

「暁闇《あきや》！」

そして暁闇の無事を確認しようと視線を巡らして――

「え？　あれ……？」

目の前に広がる光景に光輝はぽかんと口を開けた。

光輝がいたのは自分の部屋だった。まるで、暁闇に投げられた瞬間、ワープしてしまったかのようだ。さっきまで、確かに家の前にいたはずなのに。

「夢？　いや、でも、そんな……」

頬をつねる。痛い。

でも、襲撃のために着ていた服はいつの間にか脱いでいて制服に替わっているし、空間どころか時間や記憶まで飛んだようだった。狐《きつね》につままれた気分だ。

「何が起きてるんだ？　暁闇は……？」

カーテンを開けて、家の前を見る。でも、そこには暁闇の姿も影路の姿もなかった。

ただ、誰もいない夜の住宅街が見えるだけだ。

「連絡……つくかな……」

スマホを取り出し、暁闇に通話をかけようとする。と、ハーレクィンと行動するようになってから、ずっと見ていなかった動画の通知が来ていた。

「え……？」

『ハーレクィンの最期』。

その不吉なタイトルに思わずタップしてしまった。そして、再生された動画の中身に思わず光輝は目を剥《む》いた。

影路が暁闇を痛ぶっていた。

暁闇は上半身裸で拘束されていて、影路の為すがままになっている。影路が手にしたナイフで、暁闇の肌に傷を刻んでいく。

「お前が悪いんだ、暁闇。お前が俺を置いていこうとするから……」

「はっ、何言ってやがる。端《はな》からオレはお前のことなんざ、便利な道具だとしか思ってねえって言ってただろ」

「それでも良かったんだ！　お前が俺と一緒にいてくれるなら！」

激情のままに影路がナイフを振るい、血飛沫《ちしぶき》が飛び散った。

「お前はあんな甘ったれのために死のうとしてる。そんなことが許せるか？　お前のほうがあいつよりもずっと必要とされてるのに！」

自分でつけた傷を影路が愛《いと》おしそうに指先でなぞった。

「なあ、お前は俺を救ってくれた。俺の毒親を殺してくれた。あれから誓ったじゃないか。二人で毒親を殺して回ろうって」

「お前が勝手に言い出しただけだ。まあ、オレにとっても都合が良かったから、乗らせてもらったけどな。でも、それだけだ」

「そんなにあいつがいいのか！　あんな、何もかもをお前に押しつけて、のうのうと生きてきた、甘ったれのクソ野郎が！」

「いいんだよ」

激昂《げきこう》する影路に暁闇が笑ってみせる。

「オレはあいつのために生まれてきたんだ」

影路が傷ついた顔をして、そして頭を激しく振った。血走った目で暁闇の上に馬乗りになり、その首を絞める。

「だったら、俺がお前を殺す！　あいつのせいでお前が死ぬのを見るくらいなら、俺がこの手でお前を殺す！　そして、俺も死んでやる！」

暁闇の顔が蒼白《そうはく》になっていく。

光輝はいてもたってもいられなくなって、部屋を飛び出した。

このままでは暁闇が殺されてしまう。それを黙って見ていることなんて、できるはずがなかった。

暁闇にはたくさんのものをもらったのだ。ずっと一緒に戦ってきたのだ。暁闇は間違っていたかもしれないけれど、それでも光輝の誰かを助けたいという願いを叶《かな》えるための力をくれた。何より、光輝を助けてくれた。

それが、こんな終わり方をしていいはずがない！

向かうのはカフェ『ハーレクィン』だ。

動画に映っていたのは、いつもの地下室だった。急がなければ、暁闇が殺されてしまう。光輝は必死で走った。

手のひらに固い感触があって、見れば赤い錠剤を握りしめていた。走りながら噛《か》み砕く。血の味と共に力がみなぎる。体が加速する。

フルフェイスマスクのせいか、経験したことがないほどの速さで走っているせいか、街並みがあやふやに見える。

繁華街を歩く人々はぼんやりとした人影のようで、街は見覚えのない迷路みたいだった。夜の迷宮を光輝は走る。

走る。走る。

（待ってて、暁闇！　今度は僕が助けるから！）

こんなに『ハーレクィン』までの道は遠かっただろうか。

路地裏に転がる空き缶を蹴飛ばし、倒れた看板を飛び越え、光輝は走った。

そして、ついに見えてきた。ギラついたネオン看板に重い扉。

カフェ『ハーレクィン』だ。

扉を力任せに蹴破り、カフェの中を一気に駆け抜けた。そのまま奥の階段を数段飛ばしに駆け下り、地下室へと向かう。

「暁闇！」

地下室の扉を吹き飛ばし、中に飛びこむ。

「一緒に死のう、暁闇」

間一髪。

影路がナイフを振りかざしているところだった。

その刃が暁闇に届く前に、と光輝は床を全力で蹴った。

ぶちぶちっと何かがちぎれる音が聞こえたが無視する。

「うおおおおおっ！」

全身の力をこめて、影路を殴りつける。

影路が暁闇の上から吹き飛ばされ、壁に叩《たた》きつけられた。ナイフが床に転がった。

「暁闇！」

暁闇は体中傷だらけになって、ぐったりと目を閉じていた。失血がひどいせいか、すでに気を失っているようだった。

「お前……ふざけるな！」

光輝は影路に近づくと、胸ぐらを掴《つか》み、その頬をもう一発殴った。影路が床に倒れこみ、げらげらと笑い始める。

「何がおかしい！」

「ははっ、ははははっっ、やっとお前が『出た』か」

「出た……？　何を言ってるんだ、お前は……」

「そういうところがむかつくんだよ！」

跳ね起きた影路が光輝の顔面に拳《こぶし》を叩きこんだ。

鼻の奥に鉄臭い衝撃が走り、目の前がちかちかする。

つい鼻を押さえて後ずさると、影路が胸ぐらを掴んできた。

「何も知らないくせに！　暁闇にかわいがられて！　ああ、痛みも苦しみも知らずにのうのうと生きてきた、甘ったれのクソ野郎が！」

怒りのこもった拳が何度も光輝を襲う。

「お前が消えていなくなれば、暁闇はもっと生きられるんだ！　だから、お前だけを上手《うま》く殺してやろうと思ったのに！　暁闇がお前を庇《かば》うから！」

「何をわけのわからないことを……！」

光輝も殴られっぱなしではいない。殴られる衝撃はあるが、痛みは薬がキャンセルしてくれている。頭突きで反撃すると、影路が怯んだ。

「お前……っ」

「勝手なことばっかり言うな！」

さらに追撃の拳を入れようとしたが、それは影路に阻《はば》まれた。

「どっちがだ！　お前が素直に死ねば良かったんだ！」

どんっと体ごとぶつけられて、二人もろともに床に転がる。影路にマウントを取られ、上から拳が降ってきた。体をひねって避《よ》ける。

「避けるな！」

「普通、避けるだろ！」

押さえこんでこようとする影路を力尽くで押し返し、今度は光輝が上になって、影路を殴る。端正な鼻から血が吹き出た。それでも影路は反撃をやめない。

「お前が……お前がいるから！　死ねよ、このクズ！」

光輝も負けじと殴り返し、互いに一歩も引かずに床をごろごろと転がりながら、パンチの応酬を繰り返す。

泥沼のような殴り合いをしながら、光輝と影路は歯を剥き出しにして、怒鳴り合った。双方ともに顔を腫らし、肩で息をしている。

「僕が憎いなら僕だけ殺せよ！　暁闇を殺す必要はないだろ！」

「うるさい！　何も知らずに言うな！」

「なんだよ……なんなんだよ！　僕が何を知らないって言うんだ！」

渾身《こんしん》の拳が影路の顎《あご》を捉えた。

がくり、と影路が膝をつき、そして、おかしそうに笑い始める。

「ああ、そうか。だったら、教えてやるよ」

そして、憎悪のこもった瞳がひたり、と光輝に向けられた。

「お前と暁闇は同じ人間だ」

ずきん、と光輝の胸に何かが突き刺さった。

「え……？　同じ、人間……？」

「そうだ。暁闇はお前の別人格。お前と暁闇は同じ体を共有してるんだよ」

「う、嘘《うそ》だ、そんな……」

「嘘じゃない！」

影路が光輝の胸ぐらを掴み、鏡の前へと引きずった。

「よく見ろ！　鏡に誰が映ってる？　この部屋には俺とお前しかいないだろう！」

「あ、あ、あ……そん、な……」

鏡に顔を突きつけられて、光輝の顔からマスクが消え去った。同時にどんどん視界がクリアになっていく。

影路の言う通り、鏡には自分と影路しか映っていなかった。

部屋のどこにも暁闇はいない。振り返っても、拘束台の上には引きちぎられた拘束具があるだけで、誰もいなかった。

いや、それどころか。

「僕……僕……」

部屋を飛び出たときに来ていたはずの制服を光輝は着ていなかった。上半身裸で、下半身には暁闇が着ていたパンキッシュなパンツを穿《は》いている。そして、体のあちこちにはまだ血を流し続ける傷がついていた。影路がナイフで刻んだ傷だ。

もう一度、鏡を見る。

鏡に映る光輝の瞳の色は、血のように赤かった。

暁闇の色だ。

その色を見ているうちに、光輝の頭に濁流のように記憶が押し寄せてきた。

「なんで！　なんでよ！　なんでいい子にしないのよ！」

誰かの怒鳴り声が聞こえる。

「あんたがいい子じゃないから、雅史《まさし》さんが帰ってこないのよ！　ああ、もう！　なんで、男の子なんかに生まれたの!?　あんたのせいで！　あんたのせいで！」

誰かが殴られている。

バシッ、バシッと布団叩きで肉を叩く痛そうな音がずっと響いてる。僕は押し入れの中で、それを震えて見ていることしかできない。

殴られてるのは暁闇だ。

暁闇はいつも僕の代わりにお母さんに怒られてくれる。布団叩きで殴られるのも、お風呂の水に顔をつけられるのも、首を絞められるのも、お布団でぐるぐる巻きにされて息ができなくなるのも、全部、全部代わりに受けてくれる。

そして、僕はずっとそれを押し入れから見ている。

ううん、違う。

本当は殴られてるのは僕だ。お風呂の水につけられるのも僕だ。首を絞められるのも、お布団でぐるぐる巻きにされて息ができなくなるのも、真冬のベランダに放り出されるのも、生ゴミを食べさせられるのも、全部、全部、僕だ。

いつからだろう。

お父さんがおうちに帰ってこなくなって、お母さんがすぐ怒るようになって、僕は痛くて苦しくて辛《つら》い目にたくさんたくさん遭うようになった。でも僕は、痛くて辛くて苦しいのは嫌だから、目をつぶって押し入れに逃げこむことにした。

　そうしたら、痛いのがすぅって消えて、僕の代わりに暁闇がお母さんに怒られるようになった。

　お母さんが怒るのをやめてからも、すぐに押し入れから出ていくのは怖くて、しばらくはそこでじっとしていた。すると暁闇も一緒に押し入れに入ってきてくれて、傷だらけの体で僕を抱きしめて、頭を撫《な》でてくれた。

「もう大丈夫だ、もう怖くないぞ。オレがいるからな」

「うん……いつもごめんね、あきや」

「気にするな。オレはこうきのお兄ちゃんだからな。オレはこうきを守るためにいるんだ。つらいことがあったら、いつでもオレに甘えていいんだ」

「うん……うん……ありがとう」

　僕よりも高い暁闇の体温はすごく安心できて、大きな手で頭を撫でてもらっていたら、いつだって安心できた。

　暁闇は僕を守ってくれる、無敵のお兄ちゃんだった。

　僕の心が作り出した、無敵のお兄ちゃんだった。

美優とお互いの傷を話し合ったのも同じくらいの頃だ。

あの頃の美優はずっと暗い顔をしていて、僕はそれがずっと気になっていた。美優は笑えばかわいいのに、笑わないのが悲しかった。

でも、暗い顔をしていたのは、たぶん僕も同じだったのだろう。

あの頃、お母さんに虐待される苦痛は全て暁闇が引き受けてくれていたけれど、それでも暁闇がひどい目に遭っているのを見るのが嫌で、家に帰りたくなかった。

それで、わざと遠回りして帰っていた。

美優は最初、そんなことしちゃダメだよ、と言っていたが、何度言っても僕が寄り道をやめないから、そのうち諦めて黙ってついてくるようになった。一人でおうちに帰るのはダメなんだよ、と言い訳しながら。

そして、公園にある象の形をしたドーム型滑り台の中に、ぽつんと一輪、たんぽぽが咲いていているのを見つけた。日の差しこまない場所なのに立派に咲いてるたんぽぽがなんだか不思議で、毎日通っては眺めていた。

そいつが綿毛になって、風に吹かれて飛んでった日。

美優が初めて泣いた。

飛んでっちゃった。ずるいよ、ずるいよ。わたしだって、どこかに飛んでいきたいよ。おうちに帰りたくないよ。

そう言って、泣いた。

「僕も……うちに帰りたくないんだ」

「えっ？　そうなの……？」

「うん。……お母さんが、たたくから」

叩かれてるのは僕じゃなくて暁闇だと思っていたけれど、暁闇のことは誰にも言っちゃいけない気がして、そんなふうに言った。美優は目を丸くして、そっか、と言って、僕の隣に三角座りした。

「わたしもね、たたかれる」

「そうなんだ」

「どこのおうちもそうなのかな」

「そうかもしれない」

「たたかれないおうちはないのかな」

「わからない」

「たたかれないおうちがあればいいのにね」

「そうだね」

二人でそんなふうに言い合って、でも帰らないわけにはいかなくて、美優の習いごとに間に合うギリギリの時間にしぶしぶ滑り台の下から抜け出して、家に帰った。

たんぽぽの綿毛が飛んでいった空は、どこまでも青くて、きれいで、美優と一緒に綿毛につかまって、あの空に飛んでいきたいと何度も話した。

そんなふうに傷をなめ合って、毎日を生き延びていた。

……どうして、忘れてしまっていたんだろう。


「それは、お前が殺されかかったからだ」


暁闇の声がした。

記憶の蓋が、また一つ開く。


頭がひどくぼうっとする。

眠くて、眠くて、なのに口の中がひどく苦くて、嫌な感じだった。

「もう、おくすりいやだよ、おかあさん……」

「うるさい！」

口の中に押し込まれる錠剤を拒もうとしたら、平手打ちされた。口の中を切ったみたいで、薬の苦い味に血の味が混じる。

「お母さんを一人にしようって言うの。あんた、そんな薄情な子だったの。ああ、もう、これだから男の子は！　だから、嫌だったのよ、男の子なんて！」

「ごめんなさい……ごめんなさい、おかあさん……僕、ちゃんとおくすり飲むから……だから、たたかないで……」

「だったら、もっと飲むのよ！」

「うぐっ……」

錠剤もカプセルも粉薬もめちゃくちゃに口の中に押し込まれ、水を流し込まれ、溺れそうになりながら飲み込む。それを繰り返しているうちに、いよいよ意識が保てなくなって、瞼《まぶた》が重くなった。

「あはは……あははは……これでいいの、これで……わたしも……この子も、楽になれる……もう叩かなくてすむ……幸せに、なる、の……」

お母さんの手が僕を抱きしめて、僕はそのまま眠ってしまって――

気がついたら、病院のベッドでお母さんに抱きしめられていた。お母さんはごめんね、ごめんねと何度も謝って、お父さんもこれからはお前たちを大事にするって言ってて、なんだかよくわからないけど、嬉しかった。

それからはお父さんはちゃんと家に帰ってくるようになって、お母さんはいつも優しくて、僕は痛かったことも辛かったことも苦しかったことも全部忘れた。

ずっと守ってくれていた、暁闇のことも。

今ならわかる。

あのとき、光輝の母はオーバードーズで死のうとしていたのだ。それに幼い光輝を巻きこんだ。

その無理心中は失敗に終わり、光輝と母は一命を取り留めた。

代わりに、光輝は死のショックで心中未遂以前の記憶を全て失ったのだ。父と母はそこから家庭を再構築しようとして……それは成功するかに思えた。

「でも、失敗したんだよね」

「ああ」

真っ暗闇の中でぽつり、と呟《つぶや》くと、暁闇から返事が戻ってきた、

「思い出したよ」

「……そうか、思い出しちまったか」

世間体のために再構築された平和な家庭は、数年と保《も》たなかった。

元来、遊び人の光輝の父親はまたすぐに浮気相手のところへと通うようになり、家にはめったに帰ってこなくなった。母親はそんな父親に怒り、しかし大きく育った光輝に手を出すこともできず、酒浸りになっていった。

そして、事件は起こった。

高校の入学式の夜だった。

珍しく家に帰ってきた父と母が口論になり、酔っていた母が刃物を持ち出し、父を刺殺したのだ。それだけなら、まだ良かった。

だが、母は光輝のことも殺し、今度こそ心中を完遂しようとして……光輝を庇った暁闇の手で殺された。

父母の死体を前に呆然《ぼうぜん》とする光輝を抱きしめ、暁闇は子どもの頃と同じように光輝の髪を撫で続けた。

「大丈夫だ、安心しろ。オレが全部引き受けてやる」

「暁闇……」

「お前は今まで通り、痛みも苦しみも忘れて幸せに生きていけ。いいか、全部忘れろ。忘れるんだ、光輝」

口の中に砂糖菓子のような甘い錠剤を押しこまれて、再び光輝は全ての記憶を失った。そして父母が生きていると思いこんで生きてきた。

「どうりで、最近、父さんと母さんと顔を合わせた覚えがないはずだよ。そりゃそうだよね、死んでたんだもん」

「別に会いたいような親でもないだろう」

「そりゃそうだけどさ」

誰もいない家でずっと暮らしていたと思うと、不思議な気持ちだった。

「掃除とか洗濯とか料理とかも暁闇がしてたの？」

「いや、影路だな。アイツは便利だった」

「そっか」

せっせと光輝の家の家事をやっている影路を想像すると、なんだかおかしい。影路は光輝のことを嫌っていたはずなのに、光輝が母の存在を疑わないくらいいつも家の中は整っていた。殺されかかったが、影路の尽くしぶりには少し感服する。光輝のことを憎んだってしかたないな、と思うくらいだ。

「でも、お前の親を殺したのは失敗だったな。そこから、お前はオレのことが見えるようになっちまった」

「路地裏でカツアゲされそうになってたときのこと？」

「ああ、入れ替わって助けたつもりだったのにな。いつもなら、お前はその間、意識が飛んで、記憶も適当に補完されてたのに」

「たぶんさ……そういうタイミングだったんだよ」

「そうかもな」

思い出してしまえば、いろんなことに合点がいく。

暁闇といるときは影路がけして光輝には話しかけなかったこと、影路だけじゃない、も、沙耶《さや》も、美優も。そして、暁闇といるときは、誰も光輝を見てはいなかった。斗真《とうま》も、沙耶《さや》も、美優も。そして、光輝こそがハーレクィンだったのだから、斗真や沙耶が光輝のことをハーレクィンと呼んだのも当然のことだった。

「光輝」

「……暁闇」

暗闇から光のあるほうへ、暁闇の声がするほうへとゆっくり歩き出す。光がだんだん強くなって、視界がはっきりしていく。

地下室だ。意識がそこに戻ってきた。

見れば、影路が自らのナイフを胸に突き立てられて死んでいた。自分の手を見ると真っ赤に染まっていた。同じように両手を血に染めた暁闇が隣に立つ。

「殺したの？」

「ああ、お前を殺そうとしてたんだ。当然の報いだろ」

「そっか。……僕が殺したんだね」

「違う！　オレが……」

「違わないよ」

光輝は暁闇と向かい合った。こうして見れば、鏡合わせのように、暁闇と光輝はよく似ていた。暁闇の方がやや背が高く、精悍《せいかん》な顔をしている気がする。光輝の理想の兄として創造したからだろうか。

「光輝……」

暁闇が切なげな顔で光輝を見つめていた。光輝はやわらかく微笑《ほほえ》む。

「僕が、この手で殺したんだ。母親も、影路も……」

「違う！　全部、オレがやったんだ！　この地獄の道化師、ハーレクインが！」

「言っただろう、暁闇。全部、思い出したんだって」

血のついた手で暁闇を抱きしめる。同じ高さの体温が重なった。

「怒りにまかせて人を殺すような衝動も、美優をドラッグ漬けにしてでも手元に置いておきたい独占欲も、全部全部、僕のものだったんだ」

痛みや苦しみだけじゃない。怒りも、悲しみも、嫉妬《しっと》も、憎しみも、殺意も。抱えていると苦しくなる感情全部、暁闇が引き受けてくれていた。

だから、これまで光輝は平穏に生きてこられたのだ。

「僕の代わりに、ずっとずっと苦しんできたんだよね」

光輝の幸せは全部、暁闇の犠牲の上に成り立っていた。そのことが心苦しい。影路に責められて当たり前だ。光輝は何も知らずに生きてきた。

暁闇が肩をふるわせ、首を横に振る。

「違う……いいんだ……だって、オレはただ、お前に笑ってほしくて……」

「ありがとう。でも……僕だって暁闇に笑ってほしい」

ずっと苦しかった。

心の中に作った押し入れの中で、見ていることしかできない自分が。自分の代わりに殴られてくれる暁闇を助けられるくらい、ずっとずっと強くなりたかった。

光輝が本当に助けたいのは暁闇だったのだ。

知らない誰かじゃない。

光輝自身でもない。

美優でもない。

ただ、光輝を守るためだけに生まれ、光輝の笑顔のために傷つき続けてくれた優しい暁闇を助けたかった。

「ねえ、このままだと暁闇は消えちゃうんだよね」

「ああ、お前が一人で生きていけるくらい強くなって、オレのことが必要じゃなくなったからな」

暁闇が光輝の背中に腕を回して抱き返してくる。

「月の満ち欠けと同じだ。お前とオレは同時に存在できない。異能力の影響もあるのかもな。お前が異能力を使いこなせるようになればなるほど、オレの存在が薄くなっていくのがわかるんだ」

ふっと暁闇が息を吐いて笑った。

「でも、後悔は何もしてない。お前がオレを助けに来るくらい、強くなったところを見られたからな。幸せになれよ、あの女と一緒に」

暁闇がすぐにでも消えてしまいそうで、光輝は暁闇を抱きしめる腕に力をこめた。まだだ、まだ、消えてもらうわけにはいかない。

「ねえ、暁闇。暁闇はやりたかったこととか、ないの？」

「ん？　とくにはねえぞ。わりと好き勝手、暴れたしなあ。ああ、でも……」

「何？」

「たんぽぽの綿毛は飛ばしてみたかったな。お前とあの女が子どもの頃、よくやってただろ。あれ、こっそり見てて、羨《うらや》ましかったんだ」

暁闇らしからぬほんわかした願いに、光輝の鼻の奥がつんとなった。

「やればいいよ。来年の春にでも」

「無理だろ。だって、オレはもう……」

「大丈夫。『僕』を暁闇にあげるから」

光輝は暁闇から離れると、にっこりと笑ってみせた。

「おい、光輝。お前、何を——」

「僕はもう君からたくさんのものをもらったから。今度は僕が君に返す番だ」

地下室に見えているけど、ここは光輝の心の中だ。

だから、想像する。創造する。

怒りを形にした錠剤じゃない。痛みをやわらげるための薬じゃない。もっと、はっきりと、今まで甘えてきた自分を消すための道具を。

銃が光輝の手の中に誕生する。

(消そう、僕を。この魂を灰にしよう)

「やめろ……！　やめてくれ、光輝！　言ったじゃないか、オレに後悔はない！　好き勝手生きたんだ！」

「嘘つかなくていいよ、暁闇。僕の気持ちが君にわかるように、僕も君の気持ちがわかるようになったんだ。だから……」

銃をこめかみに突きつける。暁闇が阻止しようと手を伸ばしてきた。その腕を鎖で縛り、邪魔されないようにする。

「光輝！　放せ！　やめろ！」

「やめないよ。君が本当はずっと苦しんでいたのを知ってしまったから。薬に溺れないと僕の怒りや殺意を処理しきれなかったんだよね」

本当の暁闇は優しい人だったから。

光輝を守るために、あらゆるものを犠牲にした。そう、自分の感情さえも。

偽りの笑顔の奥にあった、悲しみに満ちた瞳にもっと早く気づいてあげれば良かった。でも、まだ間に合う。

「大好きだよ、暁闇」

「光輝っ……！」

引き金に指をかける。

青い、蒼《あお》い銃。

昔、たんぽぽの綿毛につかまって、飛んでいきたいと願った空の色。溺れそうな青さの引き金を引いて、光輝はここから旅立つ。

「幸せになってね」

銃声が響いた。

長い長い夜の明ける、フィナーレの音だった。

エピローグ

季節は移り、夏も終わろうとしていた。

病室の外でヒグラシが鳴いているのを、光輝はベッドに腰掛けて聞いていた。八月も終わりに近づいてきたが、まだまだ暑そうだった。これから、外に出なければならないと思うと、うんざりする。

「コウくん、手続き終わったよ」

「あ……ありがとう、美優」

個室の扉を開けて、美優が入ってきた。真夏だが、くるぶし丈のワンピースに薄手の長袖を羽織《はお》っている。

「大丈夫？　歩ける？」

「大丈夫だよ。っていうか、大丈夫じゃなかったら、退院が許可されないよ」

「それもそっか」

そんな話をしながら、荷物をまとめ、二ヶ月近くを過ごした病室を後にする。看護師たちに挨拶《あいさつ》をして、病院を出たところで美優が話しかけてきた。

「ところで……とりあえず、どうするの？」

「家に帰る……しかないんだけど、その前に寄りたいところがあるんだ。いいかな？」

「後じゃダメなの？」

「どうしても、今、見たいんだよ」

「しょうがないなあ。無理はしちゃダメだよ」

「わかってるって」

殺人的な日光の中を歩いて、光輝が向かったのは繁華街だった。複雑に路地を進んだ先にあるカフェ『ハーレクィン』。そのネオン看板は消えていた。

「ここって……」

「うん、真っ先に来たかったんだ」

ポケットから鍵を取り出し、開ける。

この店の鍵は光輝が倒れたときに持っていたものだそうだ。

(たぶん、暁闇からの置き土産《みやげ》だろうな)

最後まで結局自分に何もかも与えて、何も返させてはくれなかった優しすぎる兄のことを思う。彼はいったい、どうなったのだろうか。

二ヶ月、人の入っていなかったカフェの中は、だいぶほこりが溜《た》まっていた。いつもラウドロックがかかり、少年少女の話し声で賑《にぎ》わっていた店内がしんと静まりかえっているのは、覚悟していたものの、やはり寂しいものがあった。

奥のカウンターへと進みながら、美優が軽く咳《せ》き込む。

「中、ちょっとほこりっぽいね」

「二ヶ月、閉めっぱなしだったからなあ」

「鍵、貸してくれたら、ときどき掃除くらいしにきたのに」

「そこまで甘えるわけにいかないよ」

「えー、だって、コウくんは私の恩人だし」

「恩人……ね」

カウンターについた。飾りだと言っていた酒瓶は今もずらりと棚に並んでいる。ただ、いつもその前に立って、グラスを磨いていたマスターの姿はもうない。

光輝はいつも暁闇が座っていたカウンタースツールの前に立った。スツールの上に積もったほこりを持ってきたウェットティッシュで拭く。その隣のスツールもきれいにすると、美優に座るようにうながした。

「ここ、あのときの席だよね。私がコウくんに……ううん、ハーレクィンに依頼しにきたときの……」

「うん。でも、あのとき、美優と話をしていたのは僕じゃないんだ」

「えっと、それはハーレクィンのときは、コウくんとは別人ってこと？」

「そうだけど、そうじゃない。あのとき、僕はこっちの椅子に座って、君の話を聞いていたんだよ」

暁闇の指定席に座り、光輝はいつも自分が座っていたスツールを撫《な》でた。薄く積もったほこりに指の痕がつく。

美優が不思議そうに小首をかしげた。

「でも……あのとき、そこには誰も座ってなかったよ？」

「うん。美優の目からはそう見えてただろうね。でも、僕は確かにそこに座ってた。そして、今、僕のいる椅子に座ってたのがハーレクィン。……ううん、暁闇だ」

「暁闇……？」

「聞いてくれる？　僕と暁闇の話。僕のいなくなった兄さんについて」

美優が姿勢を正して、光輝に向き合う。

光輝は大きく深呼吸すると、暁闇のことを話し始めた。

誰よりも優しく、不器用で、嘘《うそ》つきだった道化師のことを。


「そっか……そんなことがあったんだ……」

光輝が話し終えると、美優は光輝の髪を撫でてくれた。

「それは……辛《つら》かった、よね……」

「うん……」

病院で目が覚めて、生き残ったのが暁闇ではなくて、光輝だとわかったときは混乱した。自分の中に暁闇の姿を求めて、探しても見つからず、絶望して最初の一ヶ月間は毎日、声を殺して泣いて過ごした。

次の一ヶ月は虚無だった。

どうして暁闇は自分を残して消えてしまったのか。自分が贈ろうとしたものを受け取ってもらえなかったむなしさに、ただただ呆然《ぼうぜん》としていた。結局、最後まで光輝は与えられる一方で、暁闇に何も返せなかったことが辛くてしかたなかった。

そして今、ここに来て、悲しみを噛《か》みしめている。

「ごめんね、私、何も知らなくて。コウくんのこと、裏切り者だなんて言ったりして……コウくんは何も悪くないのに……」

「いや、いいんだ。僕が暁闇に辛かったこと全部押しつけて、嫌なことを忘れちゃってたのは、本当のことだから」

共に毒親という苦しみを抱えているのだと思っていた美優からすれば裏切られたと思ってもしかたないだろう。

「暁闇は最後まで僕を守ってくれたよ。本当に、最後まで……」

病院にいる間、影路のことでも、光輝の両親のことでも、警察に光輝が責められることはなかった。全員、死体は見つかっていない。謎の失踪。そういうことになっている。

光輝の親に連絡がつかず、失踪していることが学校にバレて、そのことで怒られはしたし、警察の事情聴取もあったものの、知らぬ存ぜぬで通した。全てを打ち明けて罪を償うべきだったのかもしれないが、幸せに生きろという暁闇の遺言を無視したくはなかった。

でも、いずれ自分がやったことと向き合う日が来るだろうと思っている。

「私のことも助けてくれたのに……お礼くらい言いたかったな」

美優の両親はあの後、意識を取り戻したものの、もう美優に暴力を振るうことはなくなった。どころか、美優に怯《おび》えたような態度を見せ、今はほとんど腫れ物を扱うようになっているという。

「すごく楽になったもん。ずっと勉強しなくていいし。まあ、でも、今さら親と仲良くなんてできないから、そのうち一人暮らしするつもりだけどね」

「そっか」

美優のほうもなんだかんだ強《したた》かにやっていくことにしたようだ。

けれど、光輝は美優の心に残った傷が深いことを知っている。真夏でも長袖を着ているのは、最近、リストカットがやめられないからだ。

食事もあまりとれず、食べても吐いてしまうから、少しずつ痩せてきている。ときどき病室で泣きながら光輝に薬をねだることもあった。

だけど、光輝は頑《がん》として薬を出すことはなかった。

代わりに泣きじゃくる美優を抱きしめて、ずっと髪を撫でて、もう大丈夫だと言い続けた。昔、暁闇が光輝にしてくれたように。ときどき感情を抑えきれなくなった美優にひっかかれたり、噛みつかれたりしたが、甘んじて受け止めた。

そうすることが、最後には本当の意味で美優を救えると信じたからだ。

これからも美優はトラウマに苦しめられるだろうし、光輝自身、思い出してしまった母からの虐待の記憶に息ができなくなることはしょっちゅうある。それでも、その痛みをちゃんと自分で抱えて生きていくしかないのだ。

もう暁闇はいないのだから。

「ここに来れば会えるような気がしたんだけどな……」

いつも笑って、出迎えてくれた暁闇を思い出す。もう一度甘えたいとは思わないけれど、せめてちゃんとお別れくらいはしたかった。

何も言わず、消えてしまうなんて。

暁闇は光輝の心の中にしかいなかったのだ。だから墓すら作れない。何か一つくらい、よすがとなるものを残していってくれても良かったのに、と思ってしまう。

「何かないかなあ……あれ？」

カウンターの中、暁闇がよく使っていたカップの下に手紙があった。雑な字で「光輝へ」と書かれている。

「もしかして……？」

手紙を手に取り、封を切って、中身を取り出す。間違いなく暁闇からの手紙だった。

『光輝。お前がこれを読む頃、オレはもうお前の中にはいないだろう。だから、最後にこの手紙を残しておく』

読んでいると、暁闇の声が聞こえてくるような気がして、もう涸《か》れ果てたと思った涙がじわりとわいてきた。

『オレが消えるということは、お前が全てを思い出したということだろう。オレが消えるときに、お前の辛かった記憶は全部持っていってやりたかったんだが、どうやら、そういうわけにはいかないらしい』

本当に最後まで全部自分で引き受けていこうとしていた暁闇に、ますます涙腺が緩んでいく。涙でだんだん手紙がぼやけてきた。ごしごしと乱暴に顔を拭って、先を読み進めていく。

『お前には辛い記憶ばかりだろう。今までオレが全部持っていっていた怒りや悲しみを背負うのも苦しいと思う。自分の弱さに打ちのめされることもあるだろう。だけどな、光輝。オレはお前を信じてる』

ふわり、と暁闇の大きな手で頭を撫でられた気がした。

『本当のお前は強いヤツだ。だって、オレを作り出すことができたんだから。オレの持っている強さは、本来、全部お前のものなんだ。オレがお前から借りて、お前を守っていただけなんだ』

そんなことない。そんなことないよ、と首を振るが、記憶の中の暁闇は笑って、光輝の肩を抱く。

『忘れるな。オレは消えても、お前は一人じゃない。オレはお前の中で生き続けていくんだ。これからも、ずっと』

胸が熱くなる。

ああ、この熱さは知っている。初めて薬を飲んだとき。いじめられっこを助けるために飛び出したとき。道化師のマスクをかぶった瞬間。人を助けるために、拳《こぶし》を振るったとき。美優を助けるために飛び出したとき。美優のために暁闇を殴った瞬間。そして、暁闇のために夜の街を、自分の心の迷宮を走った。

この熱は勇気だ。

どんなドラッグが与えてくれるより強い熱を、暁闇は光輝に与えてくれた。そして、その勇気は、暁闇は消えてしまっても、光輝と共にある。

『オレはお前で、お前はオレだ』

甘いドラッグの香りが一瞬だけして、消えた。

（そうだね、暁闇。君は僕で、僕は君だ）

光輝はスツールから降りると、美優に向かって手を差し出した。

「美優、良かったら一緒に暮らさない？　一人なら暗い夜も、二人なら越えていけると思うんだ」

「……うん、そうだね」

美優が微笑《ほほえ》んで光輝の手を取る。

かさり、と光輝のポケットでピルケースが音を立てた。ずっと頼っていた頭痛薬の入ったそれを光輝はゴミ箱に投げ捨てる。

もういらない。

これからも辛いことはいっぱいあって、死にたい夜はいくつも来るのだろうけど、美優と乗り越えていってみせる。

光輝には暁闇がくれた勇気があるから。

手をつないで、二人、歩き出す。

光輝のスマホがラウドロックを奏《かな》で始める。

暁闇の好きな歌だった。

あとがき

『オルターエゴ～ 光と闇の輪舞曲《ロンド》～』、いかがでしたでしょうか？

お楽しみいただけたなら、嬉《うれ》しいです。

Ｍｉｓｕｍｉさんのボーカロイド楽曲の世界観をモチーフにノベライズさせていただくということになりまして、コミカライズの世界設定なども参考に、本作ができあがりました。

原曲の持つダークでかっこいい雰囲気がとても好きで、ノベライズ版を書かせていただいたことを光栄に思っています。


さて、本作のテーマは「二面性」です。

人間にはふだん見せている顔だけではなくて、隠している裏の顔、本当の自分、見せない思いなどがあると思います。

作品内に出てくる異能力者のマスクは、そのもうひとつの「顔」の象徴だったりするのかな、とも考えています。

本作の主人公、薬師寺光輝《やくしじこうき》は自分のことを平凡な少年だと思っていますが、彼には自分でも気づいていなかった、心の奥底に沈み込んでいた「顔」がありました。光輝だけではなく、ダークヒーローである暁闇《あきや》にも、クールな青年である影路《えいじ》にも、優等生である美優《みゆ》にも、みんな、もうひとつの「顔」があります。

それは隠しておきたい醜い感情だったり、嫌な自分だったりするのかもしれませんが、それも自分。自分からは逃げられないし、向き合って、受け入れて、生きていくしかない。光輝の出した結論はいかがでしたでしょうか？

少し真面目《まじめ》な話をしてしまいましたが、そんな堅いお話ではなく、基本はちょいワルヒーローの暁闇と気弱な少年光輝のボーイミーツボーイ、友情物語として、バイオレンス盛り盛り、かわいいヒロインとのロマンスも混ぜて……と楽しく書かせていただきました。初稿を見た編集さんに「華南さん、激重感情のイケメン描《えが》くの上手《うま》いですね」とお褒めいただき、めっちゃ嬉しかったです。

それではまた、次の作品もお読みいただけることを期待して……。

私も「ダメな自分」と向き合いつつ、頑張っていきたいと思います。

オルターエゴ ～光と闇の輪舞曲《ロンド》～

2024年11月1日 初版発行

著　者　華南恋
イラスト　田ヶ喜一
原案・監修　Misumi
原案協力　珊十五
担当編集　佐川将大
発 行 者　野内雅宏
発 行 所　株式会社一迅社
〒160-0022
東京都新宿区新宿3-1-13
京王新宿追分ビル5F
電話：03-5312-6131(編集部)
電話：03-5312-6150(販売部)

発売元：株式会社講談社
(講談社・一迅社)

印刷・製本　大日本印刷株式会社
D T P　株式会社KPSプロダクツ
装　幀　松本由貴（BananaGroveStudio）

HOWL Novels

ISBN 978-4-7580-2787-8

Format design:Kumi Ando(Norito Inoue Design Office)